Cozy Boys

居酒屋消失之謎

コージーボーイズ、あるいは消えた居酒屋の謎

笛吹太郎——著　鍾雨璇——譯

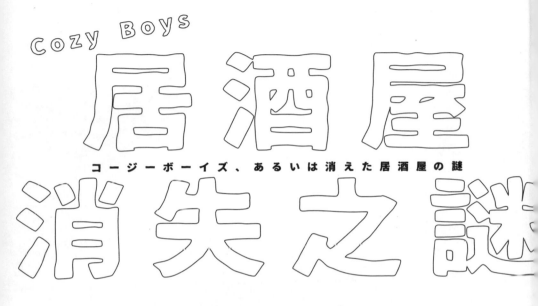

目錄

居酒屋消失之謎

「所以說，我覺得舒逸推理（cozy mystery）的本質就是回歸原點。」

咖啡店「漫步（Amble）」的店內，這個月也展開了熱烈的討論。

這場熱切的討論名為「Cozy Boys的聚會」——在舊書店和咖啡店匯聚的荻窪，出版相關業者們在茶和蛋糕的環繞下，暢談推理小說。聚會的規則有二：盡情說作品壞話，只是不可說人的壞話。話雖如此，後者規則經常被打破。

作家、舊書店店主、同好雜誌的主編，還有像在下——夏川司這樣的編輯，我們站在各自的立場，同時也是與小說有關的當事人兼愛好者，在自身也喜歡小說的店長好意之下，每個月包下店內深處的圓桌舉行聚會。

「回歸原點，」只見評論家兼伊佐山舊書店的第二代老闆，伊佐山春嶽重複自己的主張。今天的他依舊頂著一張馬臉。「也就是意圖回歸古典解謎小說的姿態。」

「你是說，像茶或料理食譜，或工作的描寫等，這些都不重要嗎？」

我反問伊佐山。身為出版這類書籍的一員，可不能聽過就算。

「說不重要是不太準確，不過這些都是類型進化的過程中，附加上去的要素。」

伊佐山傾杯啜飲錫蘭紅茶。

「格萊姆斯（Martha Grimes）和麥克勞德（Charlotte MacLeod）的登場，確立了舒逸推理的概念。那就是對克莉絲蒂（Agatha Christie）作品風格的憧憬，或者說是對於應當重返懷抱的故鄉——黃金時代的回歸運動。」

「不過，這個說法未免太簡略。」

「簡單有什麼不好。」

「說起來，福來先生怎麼了？講到這種話題，他向來馬上就會加入戰局。」

身爲聚會主召，同時也是同好雜誌《COZY》幹部的歌村由佳理這麼說。今日的她一如往常地容光煥發。她是一位凡事都落落大方的人，同時也是聚會發起人。我曾經問過她，爲何有她在，聚會還是用「Boys」命名，被她用一句「因爲我喜歡海灘男孩呀」隨口帶過。聽到她的疑問，我出聲回答。

「他有聯絡，說會晚點到。」

「畢竟昨天星期五嘛。說不定他放飛自我喝過頭，肝臟終於爆了。」

小說家福來晶一嗜甜，同時是重度的貪杯者。「挺有可能的。」我點頭應和後沒一會，門鈴就匡啷啷地響起，話題人物走進店內。

「歡迎啊，您來得可眞早。」

面對伊佐山的挖苦，福來只是從黑框眼鏡後瞪了一眼，粗魯地說了聲「抱歉遲到了」。不知怎地，他臉色有點差。

「是沒差啦，不過我們還以爲你的肝臟終於爆了。」

「肝臟？」福來一臉驚愕。「不，我的肝臟並沒有爆。」

福來回答得一本正經，看上去有點缺乏餘裕。神情也悶悶不樂。

他的口氣中，帶著一點過熟柿子的氣味。店長茶畑悄無聲息地走上前，留下裝著水的玻璃杯，以及據說可以治宿醉，加了酸梅的番茶——觀察入微，體貼周到。在眾人口中，曾經是超一流飯店的門房，或是哪個門第世家的管家，擁有諸多猜測的茶畑，年齡約莫五十多歲，但確切年紀無人知曉。今日的他依舊像高僧一般，頂著青碜碜的光頭，彷彿身分高貴之人（註一）也喜愛珍藏的吉福斯（註二），或是名偵探亨利一般，舉手投足毫無多餘動作，言行舉止令人心曠神怡。

福來一口氣乾了玻璃杯內的水，又跟著大口灌下番茶。不過他似乎對甜點毫無興趣，就連本日菜單也只掃過一眼。

「怎麼啦，今天的甜點很好吃喔。」歌村歪了歪頭，推出擺放著莓果塔的盤子。「要不要嘗個一口？」

「我沒有昨晚的不在場證明。」

福來突然冒出這麼一句自白。

「我現在正爲此傷透腦筋，能幫我想點辦法嗎？」

「我是想過你總有一天會捅出什麼事，」伊佐山回應。「可沒想過這麼早。你是幹了什麼好事？搶劫？詐欺？」

「我沒做，但我沒有昨天的記憶……」

他的回答毫無脈絡，令人一頭霧水。

「到底發生了什麼事？冷靜下來，好好說明一下。」

「你們沒看新聞嗎？島村他死了。」

什麼？

我們整桌的人——不只如此，就連鄰近幾桌不相干的其他客人——都因爲這個消息，引起一陣騷動。

島村悅史——用一句話來說就是業界流氓，鎮上的麻煩人物。哎呀，變成兩句話了。他是外包編輯工作室的老闆，還自稱是文藝評論家。四處露臉，到處吹噓自己和所有人都有交情，實際成果卻曖昧不明。他到底幹什麼營生，實際上沒人清楚。像他這樣的人，唯一能說是賣點的，就是他平易近人的待人態度。即使面對陌生人，他也能親切以

註一：此處所指應為上皇后美智子，她曾於二〇一八年生日時的文章中提及對吉福斯系列作品的喜愛，帶起吉福斯系列的購買熱潮。

註二：雷吉納德・吉福斯（Reginald Jeeves），為英國小說家佩勒姆・G・伍德豪斯爵士筆下的角色，是一名博學多聞，衣冠齊楚的男僕。

待。島村只要堆起笑臉，眼睛就會彎成一條縫，就是個好好先生。不分男女老少，不少人吃他這套。他就是有這種籠絡人心的魔力。

不過大家愈清楚他的為人，就愈對他產生嫌惡。

島村老是說大話，而且揮霍無度。不知道多少人在居酒屋被他凹過；也不知道多少家店被他賴了一屁股帳。就連我自己，也有幾次失口請他替雜誌寫稿，結果被他以見面討論的名義訛了幾頓餐。

他似乎從以前就過著類似吃軟飯的生活。雖然他死活不肯說出對象，但業內有人義憤填膺地表示：「他只把對方當提款機，根本就是女性公敵。」總之，他在眾人口中的評價奇差無比。

「島村死了？什麼時候，哪裡發生的？」

歌村詢問。這麼一說，島村曾經硬是加入同好會，卻遲遲不肯繳交會費——我記得歌村如此抱怨過。

「今天早上，有人發現他倒在中荻。」

「你說的中荻是中荻商店街嗎？」我嚇了一跳。中荻商店街從荻窪車站走路十分鐘可到。沒想到如此危險的事情，就發生在這麼近的地方。

「對，從那邊小路進去的巷子就是現場。似乎是創傷性休克死亡。」

「眞是清楚啊，果然是你下的手嗎？」伊佐山調侃。

「是警方上門，問了我一大堆問題啦。你們眞的不知道？新聞還沒報導出來嗎？」

「至少早上的報紙還沒看到。」伊佐山回答，歌村也把弄著手機。「該不會是這個？中荻窪路上發現男性遺體，警方正朝他殺或意外進行搜查。就只有這樣，名字什麼的都沒寫出來。」她讀出新聞網站上的報導。

我偷瞄那篇報導，只見新聞的發布時間是下午四點，剛剛才刊登的。

「哎，這樣啊。」福來嘆了一口氣，又轉向伊佐山。「算了，總之警察找上門來，問我是不是和被害者有金錢糾紛。」

「這麼一說，我記得你好像借他不少錢。」

「說是不少錢，也就三十萬圓呀。」

三十萬圓——這金額確實算不上驚人——然而，要說是小錢又太多了。

「而且我還是借錢那一方喔。眞要說的話，我當然希望島村快點還錢啦。」

「警方怎麼看的？」

「島村的公司最近資金周轉有點困難。他昨天好像在常去的酒吧發過牢騷。」

但我也只是從問話的刑警口中聽來的，福來聳肩補充。

「他這麼發著牢騷的時候，我剛好打電話給他，他難得地發了火，我們就吵起來。他說自己正在籌錢，要我再等一等。酒吧老闆聽到這些，就忙不迭地向來問話的警察報告了。」

眞是的，難道就沒有職業道德這種東西嗎——福來抱怨。

「原來如此，我明白你的動機了。」伊佐山撫弄長長的下巴，點頭說道。「那你說沒有不在場證明，又是怎麼一回事？」

「警方問我昨晚十二點到今晨這段時間人在哪裡。我至今爲止也寫過不少警方問話的橋段，不過這還是第一次遭到訊問。老實說，實在不太舒服。」

「那還用說。」

歌村也開口。「要是普通的大人，那個時段應該是在家睡覺——不過如果是小福來，應該還流連在各處酒家買醉吧。」

沒錯，福來承認。

「這樣不就有不在場證明了嗎？」伊佐山歪頭不解。「請店家幫忙作證就好了。」

「話是沒錯。」福來愁眉苦臉。

「只是有一個問題：我不知道那家店在哪裡。」

「不知道店在哪裡？」

大家異口同聲地反問，然後面面相覷。「爲什麼搞不清楚店在哪裡呀？」

「簡單說，就是我太醉了，記不得自己去了哪家店。我很確定自己喝到第三家，但那家店是在哪裡，完全從我記憶中消失了。」

伊佐山道了長長一聲「原來如此」。歌村沒出聲，但從她嘴唇的動作，看得出她在喃喃說「敗給你了」。

「你是在哪邊喝成那樣啊？」伊佐山盤起雙臂。「新宿，還是池袋？」

「中荻。」

「等一下，你就在現場附近喝酒嗎？」怪不得警方懷疑你，伊佐山著搖搖頭。「來整理一下吧。說起來，你怎麼會喝成那樣？」

「截稿期太忙，讓我累得夠嗆。今天是二號——所以是一號的事情。稿子終於告一段落，我就去了久違的居酒屋，就是那家『銘酒第一家』。」

哦，那家啊，歌村應聲。不太碰酒的伊佐山歪著頭。

「跟我家有點距離，不過是一家很有味道的店，店面俐落簡潔。客人不會太多，待起來很舒服。我點了幾道菜下酒，不知不覺就愈喝愈多。」

福來露出回味無窮的表情。「我原本只打算喝一杯，結果踏出店以後，覺得意猶未盡，就轉向小巷，打算開發新店家。找到一家叫做『啤酒窖』，感覺挺有風味的啤酒酒吧。店內客人不多，氣氛很好。」

「然後呢？」「怎麼樣了？」伊佐山和歌村一口一聲地催促他講下去。

「我在那裡遇到當編輯的横田，他也挺會喝。」

福來比出舉著清酒杯的手勢，道出大家都知道的文藝編輯大前輩名字。

「那家酒吧沒過多久就到了打烊時間，我們兩個都醉醺醺地喊著『去下一家喝！』，但其實都快站不穩了，彼此都失去了判斷能力。」

福來聳了聳肩。

「老實說，到這邊我就沒什麼記憶了。」

我們朝第三家酒家邁出腳步，卻處處碰壁——福來沉痛嘆氣。

「大概因為星期五夜晚，我們想著區區兩個人總是有辦法，但不巧的是到處都客滿。」

「連鎖居酒屋都沒空位？」

「當時我們兩個都不想去連鎖店。」

「不想去連鎖店的心情啊。」

「後來醉意愈來愈強。」

福來嘆一口氣：「我的視線開始無法對焦，眼前景色都在旋轉。」

他用詠嘆調說下去：「仰頭望向天空，繁星便如星象儀一般描繪出軌跡。實在是一幅美麗的景象。」

「老師，如果寫在小說裡，這樣的描述我不會給過喔。」

過高的職業意識讓我情不自禁出言指摘。

「然後呢？」

兩人爲了尋找喝酒的地方，一路從車站南口搖搖晃晃地踏入街道深處——福來答道。

「我們在每條小巷東張西望，尋找還有在營業的店。後來記得是我途中想起某間店，便提了出來，橫田也附和說『那家店聽起來不錯』。」

福來抱住腦袋。

「怎麼了？」

「接下來的事情，我只有一丁點印象，就連回想都難受得要命。」

「事關不在場證明，加油啊。」伊佐山替他打氣。

在伊佐山的鼓勵下，福來又結結巴巴地說了下去。

「我不記得是我們哪個人，總之有人嘎啦嘎啦地拉開門。門是嘎啦作響的拉門，所以應該不是酒吧。接下來我聽到老闆說『好久不見』——應該。我連老闆的臉都回想不起來了。」

「連店名也想不起來啊。那是怎樣的店？」

對於歌村的提問，福來回應。

「應該是一家氣氛不錯的店，我印象中橫田也說不錯。」

福來的回答依舊含糊曖昧。

「不過進店裡時，我已經醉眼迷濛了，沒力氣看招牌或店內裝潢。應該是沒什麼特徵，挺普通的店。對了，是挺有味道，店內俐落簡潔的店。客人不會太多，待著很舒服。」

「福來兄，你從剛才開始對店家的形容就千篇一律，以搖筆桿營生的人來說，令人擔憂啊。」伊佐山吐槽。「接下來呢？」

聽到啁啾鳥鳴，睜開眼之後，發現自己躺在自家門口，福來如此回答。

「我因為宿醉難受得不得了。也不知道我到底遛達到哪裡，不但襯衫被勾破，還沾了滿身葉子。不過幸好錢包和手機都沒事，是不幸中的大幸。除了記憶，其他東西都沒少。」

以眼下的情況來說，不見的可以說是最重要的東西。

「聽起來根本不用煩惱嘛，」聽到這裡，伊佐山一臉鄙夷。「既然你和編輯在一起，請他作證就好了。」

「我當然打電話給他了，不過橫田他更誇張，就連遇到我的事情都沒印象。」

「出版業界淨是一群廢柴嗎。」伊佐山仰天長嘆，隔壁桌的客人紛紛噴笑出聲。

客人中有幾個認識的面孔，都是這區餐廳或酒家的人，有時會在路上擦肩而過。（忘了說，我就住在這一區。）大家臉上的表情與其說是為故人哀悼，更多的是有失自重的好奇心。「福來老師——」一位男性從隔壁桌搭話。

「不過是打了那傢伙一下，就得賠上人生，未免太划不來了。畢竟大家都覺得那傢伙就是欠打。有需要的話，乾脆假裝你昨天到我們店裡來吧？」

我看向發言的人，原來是附近酒吧「雫」的店長。

「昨天我們店裡除了凱倫，完全沒半個客人上門，只要我們不說出去，事情就不會露餡。」同桌的年輕女性——店員凱倫——面色蒼白地扯扯店長的袖子，不過店長毫不在意地侃侃而談。「嗯，我也贊成。」在吧檯讀報紙的老紳士也轉過身來贊同。令人感念起故人的人面之廣與人德。

福來臉上瞬間露出想要一口答應的表情，但終究還是理性占了上風。「不，這樣還是不太好。」他搖頭回答。

「事情如此，警方覺得可疑也不奇怪。」伊佐山評論。「不過只要你眞的去了第三家店，那也不用這麼慌張吧。又不是說有好幾百家店，一家家問的話，馬上就會找到。」

「接下來才是正題。」福來一臉沉痛。「我也是這麼想，也這麼做了。直到剛剛，我都在街上四處奔走，到處詢問店家，然而完全找不到。那家店哪裡都找不到蹤影。不管去哪家店問，大家都說我昨天沒去。」

事情愈來愈離奇，伊佐山歪著頭。

「店家說你沒去，可是你確實有去哪家店喝酒吧。」

「應該吧。」福來缺乏自信，神色有些模稜兩可，但還是點了點頭。「我也是想著，只要一家一家問就好。」

中荻一帶以城鎮的規模而言，並不算大，這方法可行。

「我去了猜想得到的幾家店，問過了店家。」

店家的回覆是這樣的——

「歡迎光臨。咦？昨天有沒有來過？兩個人？不，你們昨天沒來。唉唷，就算你說關係到不在場證明，答案還是一樣啊。」

福來去的第一家酒家「和酒金星」老闆如此否定，緊接著第二家「馬龍的酒家」也是一樣。

「咦，昨天沒來過啊。」

第三家「酣醉亭」也是同樣。「昨天嗎？等一下喔——店長，昨天有兩位男性客人來店嗎？」「昨天？沒有喔。」

第四家「鳥煙」也這麼說：「哎——沒來過呀。」

一路問下來，結果都是這個樣子。「到了第十家，我開始有不妙的預感。」

我確實在中荻喝酒，那家店一定就在哪個角落。

事情應該是這樣才對。

「結果全部揮棒落空。我跑了將近二十家店，還查了美食搜尋網站，連不知道的店家都問了，但全軍覆沒。」

連最後一家也給出否定答案時，我的眼前頓時一片黑，福來低聲說道。

「那家店到底消失到哪裡去了呢？」

「井伏鱒二在《荻窪風土記》中說過，荻窪本就是野獸出沒的窮鄉僻壤。」歌村煞有介事地頷首。「小福來，你是遇上狐狸大仙了吧。」

「這年頭，說是妖怪比較流行吧。」伊佐山跟著起鬨。

「請務必刊登在我們家雜誌上，」我也跟上隊伍。「老師還沒寫過妖怪故事呢。」

「你們還有閒情逸致開玩笑，」福來憤懣不平。「認眞想啦。」

「不不，我可是很認眞喔。如果你說的是眞的，事情很大條，也很不可思議。」

伊佐山露出評論家的表情。

「以推理小說來說，就像是《幻影女子（*Phantom Lady*）》呢。」他舉出推理小說經典作品。

「謎題的規模應該比那部作品更大。不論尋遍各處，也找不到那一晚造訪的店家。可眞是有情調啊。」

「說得也是，畢竟那部作品說的是找不到共度時光的女性嘛。」

歌村也出聲附和。

「對了，福來兄不是用這個主題寫過一篇文章？雖然寫得不算好。」

「是不怎麼樣。」

「我說，你們這樣悠哉地大聊小說，我可是很困擾啊。」福來抱怨。「一副事不關己的樣子。」

「可是的確事不關己啊。」

伊佐山的回答，讓福來露出一臉被世界遺棄的表情。

「開玩笑啦——別擺出那副表情嘛。」伊佐山說道。「大前提是你眞的一家不漏地全都問過了？你的腦袋應該還在宿醉吧，難道不是看漏了嗎？」

「我當然都去過了，累死我。」

兩人彷彿要吵起來，此時一道人影湊上前來。

「這是中荻開到深夜的店家地圖，不知能否派上用場。」

茶畑遞出一份用線條標示道路，以商店街爲中心的簡單地圖（【圖1】）。爲什麼你會有這樣的東西啊！

「當然派得上用場，」歌村面露喜色。「不愧是店長。那就用這張地圖確認小福來去過的店吧。」

「我來。」我報名接下工作。

我一一清點福來列舉的店名。

「和酒金星」

「馬龍的酒家」

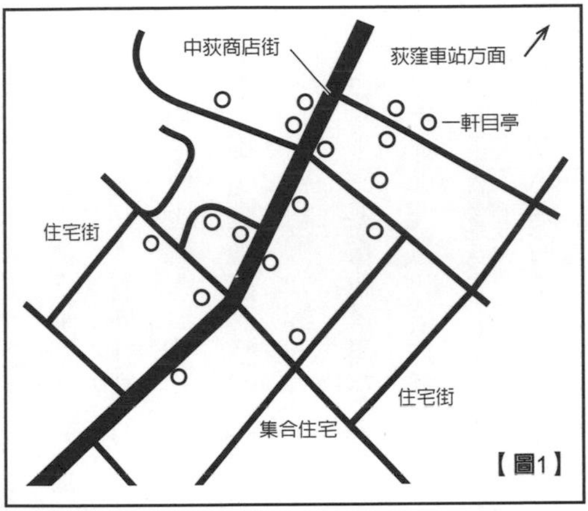

【圖1】

「酣醉亭」

「鳥煙」

「雞天國」

「大繁盛」

「獸肉店」

「酒樂亭本鋪」

族繁不及備載。

這一區的居酒屋——除了這幾些店，難道還存在著我們看不到的店嗎？不然就是僅限一夜，隔天就消失無蹤的店。

我的腦中浮現飛向夜空，消失無蹤的居酒屋。

想什麼呢，酒精成癮患者才會有這樣的妄想。

我搖搖頭，揮去不切實際的想法，結果福來投以詫異的眼神。

大家湊過頭，看向地圖。

「約是商店街的半徑五、六百公尺圈內吧。」

「超出這個範圍的話就是住宅區和公寓了。」

伊佐山和歌村分析。

「我也在美食搜尋網站查過了，應該沒漏掉哪家店。」福來補充。「以中荻窪地區與居酒屋爲條件搜尋的話，符合條件的店家，除去已經關門的就剩二十間左右。」

「說把範圍限定在這一帶，沒問題嗎？」伊佐山提出疑問。「說不定當時你找不到店，又回到車站前了。」

「不太可能。我神智清醒走到車站也要十分鐘。腳步虛浮成那個樣子，應該會花上加倍的時間。這樣再怎麼說都會有印象。」

「把範圍限定在這一區妥當嗎？」歌村也質疑。「你也可能搭車到別區，不是嗎？」

「不，這也不太可能。我的西瓜卡（註）金額沒少，身上也沒有計程車收據。」

我從旁插嘴。

「別見怪，不過你眞的有去第三家店喝酒嗎？不是捏造出來的記憶吧？」

要是這個前提不存在，就不需要圍著這個問題思考。

「老實說，我也沒辦法說自己有百分之百的自信，不過應該不是我的幻覺。」福來回答。

「以夢境來說，實在太過清晰了。」

「也就是說，果然還是居酒屋一夜之間從街道上消失無蹤囉？」

「乘夜潛逃嗎？」

歌村如此回應，伊佐山偏頭思考。

「過一晚就消失得無影無蹤？」

「很難吧。」

「誰知道呢。福來兄，你在街上四處查探，有看到類似的殘留房址嗎？」

福來搖了搖頭。

「唔，就算要當安樂椅偵探，也希望再多來一點線索吶。」伊佐山伸手抵著長長的下巴。

「不論是對店家的印象，還是哪個人說過的話都好，你還記得什麼嗎？」

「就算你這麼說……」

束手無策了。

註：原文為Suica，日本的交通系ＩＣ卡。

「果然還是假裝你來我們店裡吧？」

隔壁桌的客人再次提議。

福來顯得比剛才更受到吸引，但還是咬牙搖頭。

以此爲契機，原本興致盎然聆聽我們討論的幾桌客人，大概看我們不會有更進一步的進展，或是要去準備開店，紛紛喊出「結帳」，三三兩兩地起身離店。

「期待再次光臨。」

茶畑深深低下頭，送走最後一位客人。店內終於只剩下我們這批人了。

「改變思考方向吧。」伊佐山提議。「店不可能一夜就消失不見，所以只有兩個可能：第一個是其實福來兄就是犯人，他只是說謊想一時蒙混過去。」

「我才沒說謊。」

「這麼一來，就剩下一個可能性：居酒屋的人在說謊。」

福來露出驚愕表情。「確實以邏輯來說，會得出這個結論，但店家爲什麼說謊？」

「那是接下來思考的問題。」

伊佐山端起茶壺倒茶。

我再次看向地圖。在「啤酒窖」後到訪的居酒屋——這些店家中有人在說謊嗎？

「先不管是不是有人說謊，不是店家乘夜潛逃的話，」歌村似乎依舊堅持自己的想法。「是不是不會登錄在地圖或網站上的店家呀？會員制的文壇酒吧之類。」

「荻窪應該沒有文壇酒吧。」我歪著頭。

「那就是更不可告人的類型。」

「不可告人是指？」

「當然是以政治家或高級官僚爲客群，一旦被人知道是客人，就會社會性死亡那種類型呀。」

「我才不會去那種店。說起來，我要怎麼樣才會知道那種店？要是不知道，想去也沒法去啊。」

自己的主意被無情否定，歌村不悅地抿口喝茶，隨即臉上一亮，提出新假說。

「我說，能喝酒的地方，也不只居酒屋而已吧。定食餐廳或中華料理餐廳，都有提供酒精飲料。是不是小福來剛好把這種店誤認成居酒屋呢？」

她充滿自信地提出新見解，福來卻毫無反應。

「就算是我誤解了，不管那家店到底是不是居酒屋，我應該都上門詢問過了。」

對喔，這個說法也行不通。

伊佐山一臉疲憊，已經一籌莫展。

「大家拜託啦，我不想要帶著嫌疑過下去。」

福來愁眉苦臉地向大家求救。

福來眞倒楣。對島村不爽的人，不只福來一個人。他在這條街上的各處店家，以及在各種圈子，可是廣受厭惡。

等一下。

我漏掉了重要的事情。

我怎麼會沒注意到這一點——

伊佐山是對的，有店家說謊了。

「老師，我有一個想法。」

福來轉頭看向我。

「聽你的說法，島村是在常去的店裡，接到你的電話。」

「嗯。」

「那是在中荻的店吧？」

「大概吧，」福來點頭。「到我家來的刑警們，從他們的講法聽起來，似乎是在中荻問話後循線追查到我。」

「既然如此，那家店——」我指著地圖。「不就在你詢問過的店家中嗎？」

福來模稜兩可地點頭。「嗯，照你的說法是這樣，但是——那又怎麼樣？」

「這麼一來，那家店的老闆談話時，沒提起事件就很奇怪。」我不等大家的反應，就繼續說下去。「你一臉拚命地問自己昨晚有沒有去過店裡，一般來說，大家都能猜到是在講命案。然而店家沒有反應，難道不是因爲有虧心事嗎？」

「虧心事是什麼？」

「雖然摻雜了不少我的想像——島村不是說他正在籌錢嗎？」

「還會有人把錢借給那個島村嗎。」

「他確實是個消息靈通的人，又是醜聞的當事者，只要不顧自身風險，就能拿來當交涉的把柄。」

福來一臉驚詫地回應：「難不成他做出類似恐嚇的事情？」

「有這個可能性。」我更進一步進行推論。

「接下來的推理就有點跳躍：如果那家店的老闆就是被恐嚇的對象，然後無獨有偶地，你選擇了那家店作爲續攤的第三家店——」

面對瞠目結舌的大家，我繼續說下去。

「依照時間順序整理的話，我想事情應該是這樣吧。

「島村接到你的電話，說自己晚點再回來，要老闆在那之前把現金準備好，然後就出門去了別的地方籌錢。

「在那之後，你們就來到店裡了。」

「眞是有夠湊巧啊。」伊佐山評論。

「確實，不過就是因爲有這樣的偶然，才會引發事件。

「過了一陣子，島村一如宣言地回到店裡，然而你在店內。他覺得尷尬，又不希望爲公司資金周轉而籌來的錢被你拿走。於是他就在巷子裡打電話給老闆的手機，解釋緣由，要老闆從後門偷偷溜出來。就算店內只有老闆一個人顧店，在來客稀少的深夜時段，這麼做應該也不難，更不用說你們還爛醉如泥。

「老闆一如島村所說，從後門偷溜出去，和島村見面，卻不知爲何發生爭吵，結果——老闆殺了島村。」

眾人凝神傾聽。

「老闆應該也很苦惱。屍體當然不可能就這樣留在店的後門前，但又不能一直讓店裡空著。我猜老闆光是盡可能把屍體拖到避人耳目的地方，就已經很吃力了吧。接下來，老闆急忙回到店裡，若無其事地招呼你們兩位客人。當時老闆的心中想必覺得度日如年吧。若不是你們兩位都醉茫茫的，說不定就會有察覺。」

福來一臉複雜的表情。

「天亮了，你們兩位終於回家，遺體也被人發現，事件曝光。如果你們兩位晚上就回家，老闆說不定就能把遺體拋棄到更遠的地方。不過天亮之後，被路人察覺異樣的風險就變高了。老闆不敢冒這個險。」

剩下最後一點——我仰頭飲下紅茶，繼續陳述我的假說。

「後來失去記憶的你再次來訪，當時老闆想必覺得這是大好良機。和島村吵架的人，爲了證明自己的不在場證明而前來拜訪。只要否認你曾經來店，你就沒有不在場證明。

「老闆自然不會放過這個機會。老闆、不，犯人就想當然耳地否認了你來店的事實。

「——你去過的店就這樣消失了。」

這番理論相當有說服力，讓大家深感贊同。原來如此，伊佐山頷首說道。

「這樣就有合理的解釋了。」

福來舉起手。

「我很高興終於出現燃起希望的說法，但要證明我的無罪，我到底怎麼辦才好？」

「你何不向警方提出剛剛的說法？犯人的店應該就在遺體所在位置的附近。憑警方的搜查能力，眞相一定——」

正當福來準備點頭的時候，一道嗓音落下。

「不好意思，能容我打斷一下嗎？」只見茶畑站在一旁。

「謝謝，不用再添茶了。」福來應答。

「抱歉打擾了，不過我指的並不是茶。」

茶畑搖頭。

「恕我僭越，剛才我在一旁聆聽了各位的想法。」

「啊，不好意思，我們討論得太大聲了。」

「不，我深感欽佩——只是有一點頗爲在意。」

茶畑說出無法忽視的發言。

「在意的地方是指？」

「福來先生他們來到犯人的店的部分。儘管說是偶然，然而就機率而言，老實說，可能性恐怕相當低。」

「唔——確實如此。可是也不是完全不可能。」

「我明白。但在不清楚福來先生何時會恢復記憶的情況下，說謊實在是不太合理的做法。更何況福來先生還是攜伴來店，儘管老闆也許察覺到另一位客人也毫無記憶，但如此一來，恢復記憶的風險便是雙倍。」

「嗯——」

「福來先生在各處查訪店家的時候，未曾提起案件的事情，確實是不太自然，然而也可以單純用尷尬來解釋。畢竟那家店可是向警方打小報告，提供了對客人不利的情報。」

茶畑繼續說下去。

「此外，如果夏川先生說的店家是犯人，那麼承認福來先生的來訪，說不定反而有利。假設自己偷溜出店並未被察覺，那麼福來先生就有機會在緊要關頭，當上不在場證明的證人。萬一遭警方懷疑，福來先生就會幫忙作證：『那段時間我一直在他的店裡喝酒。』」

「可能是因爲事發突然，沒有多想。」

「確實可能——但不需要放進這些偶然要素，更簡單的答案就能解釋一切。」

「你的意思是？」

「這個呢，因爲證據還不夠充足——」

茶畑短暫陷入思考，旋即轉向福來。

「有一點令我有點在意。您說到訪第三家時，店家反應是『好久不見』，沒錯吧？」

「嗯，對方看著我，帶笑說『好久不見』。」

「從這一點，應該就能進一步縮小店家的範圍。」茶畑繼續說道。「從反應來看，您想必至少光顧過店內一次。」

「原來如此，有道理。」

「煩請您在今天第一次去的店家打×。」

福來聽從指示，只見地圖上的〇記號頓時只剩一半（【圖2】）。

「容我繼續下去：既然是久違光顧，想來不會是您常去的店。儘管如此，店家還是記得福來先生您的事情。」

「也就是說，是我去過幾次的店囉。」

「老師，麻煩您在不符合的店家打×。」

打上〇記號的店家又去掉一半，剩下四家店（【圖3】）。

「最近不常造訪，店家卻笑著迎接，想來並不是因爲曾在店內引起糾紛。請您把有過糾紛的店家也去掉。」

「我才不會引起什麼糾紛。」福來嘟噥。「說起來，我在這家店用手機，結果被罵了。啊，我在這家店修改校樣，好像惹店家不爽。」

他一邊喃喃自語，同時一一劃掉店家。

最終結果出爐。

「這下全滅了呀。」（【圖4】）

茶畑靜靜搖頭。「這樣就好，還剩下最後一家店。」

「這不是一家也不剩嗎！」

「不，還有這一家。」

茶畑說著，伸手指向「銘酒第一家」。

「店長你等一下，這不是最剛開始的店嗎！」

「是的，所以才會成爲盲點。不過單純思考的話，答案就只有這家了。」

茶畑說道。

「那店家跟我說『好久不見』，又是怎麼一回事？」

面對福來的質問，茶畑回答。

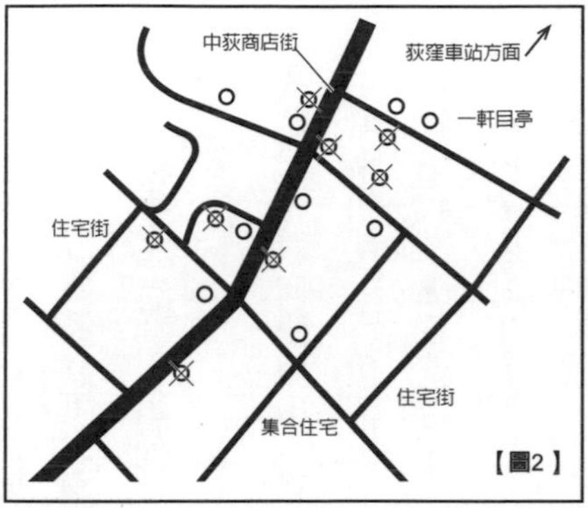

【圖2】

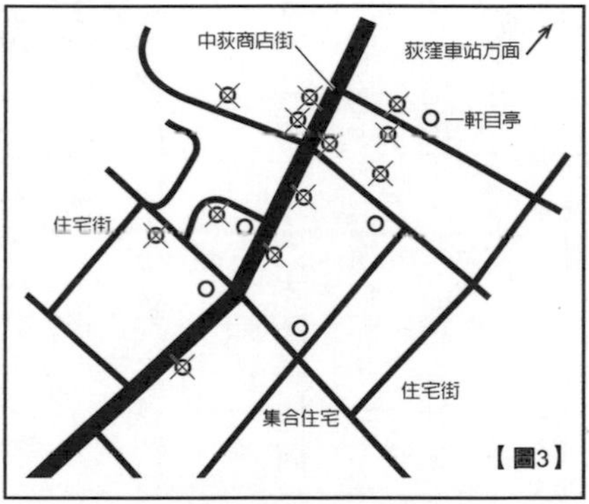

【圖3】

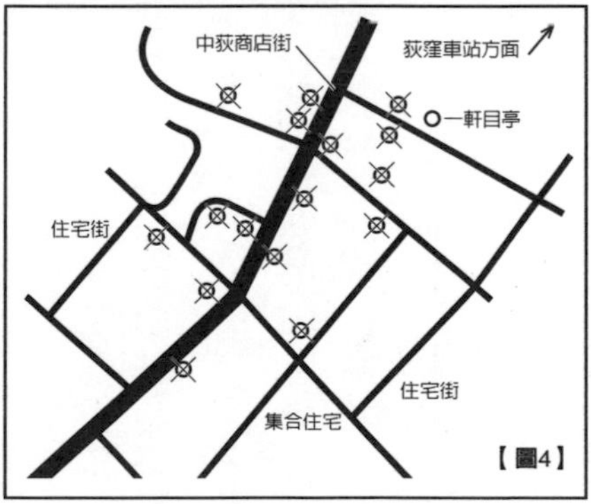

【圖4】

「難道不正是因爲你們並非好久不見嗎？」

大家一時沒搞懂意思，露出困惑的表情。

「生活中，有些人會開一些拐彎抹角的玩笑。譬如對遲到的人說『社長，您來得眞早』的玩笑話。」

我們紛紛看向伊佐山。畢竟不久前，我們才聽到他向福來開類似的玩笑。

「原來如此，」伊佐山清了清嗓子。「所以呢？」

「我想店家應該就是在這樣的情境下，笑著說『好久不見』。因爲福來先生的再訪實在太過迅速，店家才忍不住出言打趣。」

「那我是在同一晚，去了同一家店兩次囉。」

福來一臉呆愣。

「我竟然做了這麼憨的事情嗎。」

「確實大家平常不太會這麼做，但也沒有明文禁止。如果沒有其他的店可去，我認爲這是相當合理的選擇。」

歌村看向也一臉呆滯的伊佐山，半帶戲謔地說。

「和舒逸推理一樣，重返舊地，回歸原點呢。」

福來仍舊一副難以接受的模樣，茶畑諄諄地開口解釋。

「在聽到您對店家的描述時，其實就應該要注意到了。」

大家再次露出疑惑的表情。

「您對第一家和第三家店使用了同樣的描述，說是頗有味道、店內俐落簡潔的店家。描述相同也是理所當然的，畢竟說的就是同一家店。」

「啊！」

大家發出叫聲。

「我明明也察覺到福來對店家的描述是一樣的。」伊佐山不甘心地咬牙。

「那只要去問『第一家』——」

「我想店家就會證實您的不在場證明。」店長周到地遞出黃頁電話簿。「電話在此。」

福來連忙拿出手機，我們則在一旁屏氣凝神地等待結果。眞相究竟如何——

「喂？我是常去你們店叨擾的福來，請問昨天——」

「哦，是福來先生啊，」嘹亮的聲音從手機傳出來。「我昨天可是累慘了。你們兩位都睡著了，害我想回家也回不了。」

「想回家也回不了啊！那大概是幾點到幾點的事情呢？」

「你怎麼聽起來有點高興啊？呃，大概從快要換日的時候，到首班車發車的五點左右吧——喂，還在聽嗎？」

「非常感謝，改日上門道謝。」福來說完後掛上電話。「眞的有，店家眞的存在，我們也都待在店裡。」

我們一口氣爆出歡聲。

「恭喜啊！」

「不用擔心有前科了，眞是太好啦。」

伊佐山有點不服輸地抱怨：「今天眞是敗給店長了。店長還擺出一副淡然自若的模樣，竟然是一位名偵探啊。」他接著用半開玩笑的語氣調侃。

「照這個樣子，說不定店長連犯人都知道是誰了。」

伊佐山應該是隨口開玩笑，沒想到——

總是冷靜沉著的店長，神色隱約一僵。

「怎麼了？該不會店長對犯人有什麼想法？」歌村詢問。

不，除了剛才說的以外毫無頭緒。茶畑含混回答。

店長似乎不擅長說謊。

「有什麼頭緒就說出來嘛。不然這樣，我們也掛念著沒法回去。」

「就是說嘛。」

即使福來和伊佐山一口一聲地逼問，茶畑依舊遲疑不定。

「不說的話，我就生氣啦。」

被歌村這麼一說，茶畑終於放棄似地嘆了一口氣。「請不要完全當眞。」他用這句話作爲開場白，才開始說下去。

「有一點我實在很在意。先前在廚房，我聽到有人說到『不過是打了那傢伙一下』。爲什麼那個人會知道犯人打了島村先生呢？明明新聞還沒報導出這些資訊，如果只是那個人擅自想像就好了。」

「啊！」我們倒抽一口氣。

確實有人這麼說，就是坐在隔壁桌的「雫」店長。

犯人難道就是他！

「他還一再提議要福來先生假裝來自己店裡，說是店內當晚沒半個客人上門。他這麼做，看似替福來先生製造不在場證明，然而實際上，他難道不是打算建立自己的不在場證明嗎？」

我們一片鴉雀無聲。

「當然，這不過是我的想像。」茶畑辯解似地補上一句。

「請各位不要全盤當眞。」

就算說不要當眞，我們也難以從腦海中揮去這個可能性。

福來喃喃冒出一句。

「如果不是我逼著島村還錢，說不定就不會發生這種事情了。」

「從先前的說法來看，福來先生在通話前，他就已經決定要『籌措資金』了。」

茶畑安慰似地說道。

「假使您並未打電話給他，事態應該也不會有變化。此外，雖然有點囉嗦，不過剛才都只是想像，但願我的猜測並非事實。」

茶畑的願望只實現了一半。

一個月後，犯人遭到逮捕。酒吧「雫」的店長——並非犯人，而是店員凱倫，本名山田加戀——

那一天，扯著店長袖子的女性。

凱倫和從去年起開始頻繁來店的島村，逐漸發展成親密關係，結果被對方當成方便的提款機。

案發當晚，她和來店裡「籌措資金」的島村發生口角。由於她自己也喝了些酒，導致一時失去自制——她拿起店內的酒瓶毆打島村，不幸打中致命處，導致島村死亡。

「雫」的店長爲了袒護凱倫，從後門把島村的遺體運到人煙稀少的巷子裡——這就是事件全貌。

一個月後的例行聚會上，茶畑嘆息。

「酒眞是令人傷身敗德啊。」

福來露出微妙的表情聆聽這句話。

之後，據說有一陣子，福來的喝酒習慣變成對肝臟較爲溫柔的喝法。

作者後記

我是笛吹太郎。

這傢伙是誰啊——我想應該大部分人都會有這樣的疑問，所以請容我簡單自我介紹一下。二〇〇二年，拙作〈強風之日〉入圍第九回創元推理短篇獎決審，於翌年刊載於《創元推理21》二〇〇三年春天號，讓我和東京創元社結下最初的緣分。之後，因爲作品三度入圍「Mysteries！新人獎」決選而得到邀約，才有機會刊載本作。雖然回過神來，距離當時已過了一段時間，但此刻胸中依舊充滿喜悅。

來談一些關於作品內容的話題。

我經常會被不嗜飲酒的人詢問：

「常聽人說喝酒會讓人記憶斷片，是眞的嗎？應該是爲了追求笑果，才講得誇張一點吧？」

謹容我在此回答：是眞的。

雖然很容易被人誤認爲言過其實，不過喝酒眞的會讓記憶消失得一乾二淨。記憶會以前一晚某個時間點爲分界，宛如用剪刀把電影膠捲從格子之間剪開，完全消失。即使拚命翻皮夾中的收據，希望喚醒前一晚的記憶，也無法做到。非常恐怖。對於自己曾經在哪裡，做過什麼都一無所知的恐怖。在推理小說中，經常出現被刑警這樣詢問的情境：

「那一晚的時候，你在哪裡，做了什麼？」

這種時候，我就會想：

——要是現在遭到警方懷疑，我可無法證明自身的清白啊。

我不像本作的福來，在認識的人中沒有能爲自己證明清白的名偵探。要是遭到警方懷疑，想到就覺得恐怖。這次的故事，就是以這種酒鬼的不安爲背景。當初想到「Cozy Boys」一詞並開始細思的時候，打算寫的作品應該是符合舒逸推理，妝點著芬芳茶香和可口蛋糕的舒逸作品才對——怎麼會變成現在這樣呢？說個題外話，在我快要寫完的時候，我讀起了北村薰老師的《一醉解千愁（飲めば都）》。

——要是撞哏了怎麼辦？

當時全身一冷的心情，如今也變成美好的回憶。（幸好不用變成廢稿。順帶一提，讀起《一醉解千愁（飲めば都）》的契機，是負責本作的編輯K島先生刊載在《書的雜誌》的文章——這又是題外的題外話了。）

不管如何，這次睽違十七年，又得以在東京創元社刊載作品。耗費歲月精心雕琢的畢生大作——雖然不是這樣的作品，但希望寫出讓大家肩膀放鬆，在下午茶時間輕鬆閱讀的休閒作品。希望大家都能放鬆享受本作，並在不久的將來，繼續推出本系列的後續（不要下一個十七年之後……）

另外，作中提及的瑪莎．格萊姆斯（Martha Grimes）在一九三一年出生於美國，著名的作品是以英國鄉村爲舞台，題名冠有酒吧名字的〈酒吧〉系列。說起《「肩負災厄的男人」酒吧的殺人（*The Man With a Load of Mischief*）》等，譯名統一爲《「——」

酒吧的……》的系列作品，或許會有比較多人想起來。二〇一二年，她獲頒美國推理作家協會大師獎（MWA）。她的作品風格受到被稱爲黃金時代的那段時期的歐美推理強烈影響，在提及舒逸推理的代表作品時，經常被舉出來作例子。擔任偵探角色的嚴謹能幹刑警，以及拋棄爵位的前貴族青年，加上好管閒事的阿嘉莎伯母，透過這三人組交織而出的故事，打造出優秀的系列作品。

夏洛特·麥克勞德（Charlotte MacLeod）在一九二二年出生於加拿大。她從一九六〇年代開始寫作生涯，一九七八年發表了農學院教授彼得·尚迪系列的第一作《歡樂的長眠（*Rest You Merry*）》，還有許多其他作品及系列作。除了以麥克勞德名義發表的尚迪系列，她還寫了以波士頓爲舞台的莎拉凱林系列，以及以艾麗莎克雷格名字發表的珍妮特&馬多克系列跟迪塔尼·亨比特系列。她的作品風格明朗活潑，筆下幽默諷刺的角色們也很歡樂輕快。可以說是美國幽默推理的第一人。

不可能的過敏之謎

「雖然蛋糕好吃，不過偶爾換小西點也不錯。」小說家福來晶一一手端著茶杯，咬下盛在小盤子中的杏仁脆餅，一邊如此評論。

「特別是放很多堅果的西點，正合我胃口。」

「原來老師喜歡堅果類嗎？」

我出聲詢問，他便從個人招牌的黑框眼鏡之後，朝我抛來一瞥。

「堅果的功效不是很有名嗎？富含卵磷脂，提高神經活力，避免血糖起伏過大。」

「哦。」

「對於像這個聚會一樣，進行知性討論的場合，可說是再適合也不過。」

「知性什麼的隨便都好，倒是你的鬍碴，沾到堅果屑了喔。」身爲評論家的伊佐山舊書店第二代老闆，伊佐山春嶽的瘦長臉龐浮現苦笑。「牛軋糖也沾到了喔。」

仔細一看，福來不修邊幅的鬍碴上，確實沾著堅果的碎屑。福來一愣，連忙伸手探向嘴邊，用力擦了擦下巴。這番動作實在很難說是充滿知性的行爲舉止。

同好雜誌《COZY》的主編兼本聚會總召歌村由佳理，膚色紅潤的臉龐漾著笑意，搖晃穿著皮夾克的上半身，前俯後仰地哈哈大笑。

時值四月，正逢春季。此處，也就是咖啡店「漫步」，這個月也如常舉辦了「Cozy Boys的聚會」。

「Cozy Boys的聚會」——也就是一群舒逸推理的愛好者，聚集在舊書店和咖啡店匯聚的荻窪，大聊推理小說的聚會。作家、舊書店店主兼評論家、同人誌主編，以及像在下夏川司這樣的編輯——各自從自己的立場與推理小說有所關聯的人們，山南水北地暢聊。規則只有兩項：盡情說作品壞話，但不可說人的壞話。只是後者經常被打破。

「說起來，有推理小說中出現過堅果嗎？」

笑完一通的歌村提出疑問。

福來眨了眨黑框眼鏡後的雙眼。「出乎意料想不到。」

「對吧？要是巧克力或是蛋糕，就能馬上想到。」

名偵探啃花生或是宅邸的佳人大嚼杏仁的情景，並不符合古典，也就是推理小說的莊嚴肅穆形象。雖說冷硬派和冒險小說，想來又另當別論——

不是有嗎？伊佐山一捻長長的下巴，出聲回應。「簡單粗暴的答案，就是《花生醬殺人事件》這部作品。」

「不過那部作品用的又不是堅果本身。」歌村反駁。

話題從這裡轉向堅果類發霉產生的毒素多強，又跳到大家喜歡的「毒殺推理小說」。

「從比較近的平成時代作品來選，果然是《俄羅斯紅茶之謎》吧。」福來回答。

「考慮到歷史定位，我選《X的悲劇》。」伊佐山跟著回答。

「雖然有點樸素，不過我應該是《絲柏的哀歌》。」

「不，那部作品不會太偏了嗎？與其說是講毒殺，人際關係的反轉才是整部作品的重點——」

大家熱烈討論的同時，我隱隱擔憂起來。

打從稍早前，旁邊的人就有點不對勁。不知道是不是無法順利融入氣氛。我悄悄地斜眼瞥向坐在身旁的森田森夜老師。

森田森夜——他是活躍於青年雜誌的漫畫家。

他是個猶如野盜般，蓄著黑色鬍鬚的壯漢。雙臂和手指上都覆著粗硬的汗毛，乍看外表嚇人。不過畫風細膩纖細，刻劃細微內心的才能受到矚目。近年還開始朝推理分野發展，連載中的《悖論偵探團》更成爲他最新的代表作。這樣的他之所以在場，是我委託他在我負責的雜誌畫短篇漫畫，於洽商時提起聚會的事情，結果老師表示有興趣，我便邀請老師前來參加，成爲這個聚會開始以來的第一位嘉賓。

森田老師直到先前都還一派和氣地參與對話，一談到堅果的話題就閉緊嘴巴。就連「漫步」的至寶——無與倫比的店長茶畑親手烘焙的杏仁脆片，也都只咬了一口。

「老師，眞是抱歉。我們淨在聊些圈內人的話題，是不是讓你有點無聊？」

「不，沒這回事。」森田一臉驚訝地回覆。「我聽得很開心喔，畢竟我也喜歡推理小說。只是——有點個人因素。」

「個人因素。」福來複誦了一遍。

「嗯，之前因爲堅果，引發了一點問題。」森田捋起鬍鬚尾端。

「問題是解決了。雖然有些不能釋懷之處，但事情落幕了，請不用在意。」

什麼——我不禁歪了歪腦袋。漫畫家、堅果和問題，簡直就像三題落語。這三者究竟有什麼關聯？

「我的工作室助手有過敏體質，她因爲我當點心的蛋糕引發過敏。」森田嘆氣。「她似乎對堅果類——杏仁和花生過敏。」

哦——我們齊聲發出恍然的聲音。也就是說，森田端出了含堅果的蛋糕。所以他才對堅果話題不起勁。

「眞是災難啊。」歌村勸慰。「那位助手還好嗎？」

「嗯，幸好症狀不嚴重，所以我才說事情已經解決了。」

抱歉，請忘了這件事吧——森田剛低下頭，就又抬起頭，像是想起某件事，忽然臉色一亮。

「啊，請等一下。這說不定是很適合各位的推理故事。」

推理故事？我們面面相覷。

「雖說不該把員工陷入險境的事情當成趣事談論——不過這件事很不可思議。匪夷所思的過敏，以推理小說風來說的話，可以說是不可能的過敏之謎吧。」

「不可能的過敏之謎嗎？」福來回應。「聽起來就像繞口令（註）。」

「吊人胃口呢，」伊佐山探出身子。「我感興趣了。」

「雖然是需要謹慎以待的話題，」歌村也以慎重的態度開口：「不介意的話，方便說給我們聽聽嗎？」

「我還希望有人能聽我說呢，畢竟最後的解答實在很有意思。」森田回答。「不會打擾各位聊天的話，我很樂意。」

沒問題，請務必與我們分享。Cozy Boys的眾人眾口一聲地回道。

「感覺會需要不少時間，我們再來杯飲料吧。」

伊佐山建議，大家紛紛贊同。

歌村才一轉身舉手，茶畑便來到桌邊，俐落地替大家點單。被傳聞曾經是哪戶世家管家的茶畑，今天也頂著宛如高僧一般的青碜碜光頭，打著正式的領結，配上時髦的西裝背心。一身無懈可擊的打扮，以及行雲流水的舉手投足，看著就賞心悅目。

等到眾人面前都端上新的紅茶，森田緩緩道出他的親身經歷——不可能的過敏之謎。

「我們工作室規模很小，連我在內只有三個人。」

森田注視著天花板，不時撫弄鬍鬚，開口說道。

「我、首席助手鷹山，以及另一個助手畑，一共就我們三個人。截稿日期在即的時候，偶爾另外找臨時助手。我是用自家客廳充當工作室，在客廳塞三張桌子湊合。

「那一天從早就一副要下雨的模樣。兩位助手早上十點左右到，所以我平常都會趁十點前吃早餐、看報紙，那天卻一早就心情鬱悶。現在想來是我已經察覺到事件的預兆。」

「為什麼會心情鬱悶呢？」福來詢問。

「鷹山和畑前一天大吵了一架。」

森田聳了聳肩。

「這話只在這裡說：他們兩位不知道是不是該說都很有個性，總之他們只要認定事情，就絕對不會退讓，個性十分頑固。鷹山基本上性格爽朗——不過她對其他人的失誤非常嚴厲。畑則是很有美感，個性又溫柔。不過他也很有自己的堅持，只要畫出來的圖被要求修正，就會表現出封閉的態度。即便如此，他們兩人也不是說從以前就關係很差。大概是這半年，他們不知不覺就變成那副冷淡的樣子了——最近更是嚴重，還會擺出很幼稚的

註：日文的「不可能」與「過敏」的發音相似，故有此說。

態度。畑甚至三天就會有一次，早上連聲早安也不對鷹山說。一般好歹都會打招呼吧。」

大概是在傾訴間，身爲雇主的煩惱湧上心頭，森田發出本日內最響亮的嘆氣聲。成員中在最循規蹈矩的公司工作的歌村，也感同身受地喟嘆：「很傷腦筋呢。」

「其實在工作之外邀他們喝酒，對話倒是很正常。就是在工作的時候，老是處於一觸即發的狀態。就在這種狀況下，事發前一天，我要求畑修改背景，堅持己見的他表示抗拒，結果被鷹山臭罵一頓。畑的態度固然不值得嘉許，不過鷹山罵成那樣也有點誇張。我請畑重畫那個場景很多次，他的反應其實情有可原。」

「原來如此，有道理。」歌村大點其頭。不用上班的福來和伊佐山兩人一臉無感。

「那是發生在前一天的事情，不過到隔天，兩人氣氛還是老樣子。我都在煩惱到底該怎麼解決這個氣氛了。」

「這樣啊，我明白你爲什麼會憂鬱了。」福來隱約顯得不耐煩地說道。「所以過敏又是怎麼一回事呢？」

「眞是抱歉，我的前言太長了——就算這麼說，截稿日期也不會在乎他們兩人的心情。我們就在充滿火藥味的環境下展開作業。我先前說過，工作室是在我的公寓，自然大不到哪裡。關係惡劣的兩人必須鄰桌工作——你們要看嗎？」

森田從懷中取出手機，向我們展示公寓一室的圖片。只見約五坪半的客廳，放著兩張朝向正面窗戶的桌子。在與其中一張桌子成直角的位置上，擺著一張更大的桌子。窗邊的兩張桌子上都擺滿東西，一邊放著桌上型蒸臉器和護唇膏等各種小東西，另一邊則擺滿動畫角色的模型，兩者儼然形成對比。前者是鷹山的桌子，後者是畑的桌子。雖說工作室狹小，但與充斥著如山的Ａ４紙堆和人類的敝社編輯部相比，還算好了。不過此時不是說這些的時候。

「這是前陣子，爲了紀念連載五周年拍的照片。」森田解釋。原來如此，森田站在中央，宛如包夾似地坐在兩旁的分別是約莫三十歲的女性，和還是學生樣貌的青年。想來就是鷹山和畑。

鷹山是一位杏眼分明，五官深邃，十分適合短髮，外表活潑爽朗的女性。畑則是一張圓臉有三分之二幾乎都藏在厚重的劉海下，只從頭髮間隙露出細細的眼睛——配上皺巴巴的連帽衫，雖然有點失禮，但確實給人陰沉的印象。兩人宛如對照。

「看起來關係不錯嘛。」伊佐山評論。

「嗯，也就拍紀念照的時候。」森田發出本日第三次的嘆息。

「總之，就是這樣的環境。我覺得喘不過氣來，大家應該也能理解吧。中午的時候，大家只是悶頭吃著各自買回來的超商便當，完全沒有對話。

「不能再這樣下去——我兀自煩惱時，突然閃過一個主意：對了，把冰箱裡的點心拿出來分好了。以結論而言，這個答案大錯特錯。」

講到這裡，森田害羞似地搔了搔頭。

「別看我這樣，作甜點是我的興趣。我常常在工作之餘作甜點。也是多虧自家就是工作室，才能這樣轉換心情。總之，我想起前天夜裡作的蛋糕捲還有剩——雖然是只用了蛋、低筋麵粉、砂糖和奶油的簡單蛋糕捲，不過拿出來的話，應該多少讓氣氛和緩一點。我原本想留到晚上享用，不過狀況容不得我說捨不得。我就對兩人說『來吃點心吧』，在廚房切了蛋糕捲，分給大家。」

「他們兩位有開心起來嗎？」

聽到福來這麼問，森田搖了搖頭。「關於這一點，鷹山雖然說著『老師眞厲害』，捧場地表現出開心的樣子，但因爲背景作畫正好遇到難關，結果蛋糕捲就被晾在桌子邊邊，她一口也沒吃。畑的話，他說了聲『謝謝』，毫無反應地直接兩三口吞掉蛋糕捲。而且好像還覺得不夠，吃完以後開始啃起穀物棒。就算不是鷹山，也會對他的那種態度不爽。」

森田繃起臉說道。

「簡單來說，成效是零。我一陣沮喪——然後想起現在根本不是替人煩惱的時候。我跟人約好，那一天要寄出讀者回禮用的原畫。這年頭業界雖然逐漸數位化了，就是原畫實在莫可奈何。我一看時間，發現快到五點。拚一點的話，應該還能趕得上郵局的營業時間，於是我就準備出門。」

大概是說得累了，森田端起茶杯抿茶。

「也許是第六感吧，我突然對留下他們兩人獨處感到不安，但我又不可能不出門。雖然可以拜託畑幫忙買東西，可是他手上正忙。實在沒辦法，我雖然覺得對成年人講這句話很奇怪，但還是在出門前，附耳對鷹山說：『我出門到一趟郵局，你們兩位要好好相處喔。』外面下著大雨，從出門到回來約花了二十分鐘。事態就是在這段時間內急轉直下。」

事情終於要進入重點。我吞了口口水，屏氣凝神等待後續。

「我一走進玄關，就碰上鷹山。

「『老師，我有點不舒服，到販賣機買個飲料。』她是這麼跟我說，但一看她的臉，我整個人嚇一大跳。她的眼皮和嘴唇都紅通通地腫起來，呼吸似乎也很困難。

「這是過敏！我馬上閃過這個念頭，因爲我以前就聽她說過她有過敏——其實我家長輩也有甲殼類過敏，我看過發作的情形，所以才會知道。」

回想起來還是令人心驚肉跳，森田這麼說著，同時渾身一顫。

「鷹山雖然覺得身體不舒服，但似乎沒有過敏發作的自覺。『妳這是過敏！妳剛才吃了什麼？』聽我這麼一說，她還一臉呆愣，直到我讓她看玄關的全身鏡，她才驚訝地說『爲什麼？』即便如此，就算我勸她『掛急診吧』，她還是抗拒地說『沒那麼誇張啦』。

就在我們這樣一來一往拉鋸的時候，聽到聲響的畑也從裡面出來了。他問發生什麼事，我就回答他『小鷹她過敏了』，他一聽就驚愕地捂著嘴——不過他馬上就衝到馬路上攔計程車，然後拉著我們，不由分說地把我們塞進計程車內。我們一上車，計程車就直接開往醫院。一切一氣呵成，感覺上鷹山都沒反應過來抵抗，讓我當時實在是打從心底佩服。」

確實，一聽到有人過敏，還能夠毫不驚慌地對應，實在是了不起。

「幸好症狀也不嚴重，在候診區等待的時候，紅腫就消退了——不過接下來才是問題。醫生檢查一遍之後，我被醫生叫去了。『鷹山小姐確實是過敏的症狀發作了。』醫生這樣開口。對了，這一位醫生其實就是鷹山常看的醫生。他盯著我這麼說：『你作的蛋糕裡有用到堅果嗎？』我整個人傻住了，畢竟我在材料裡連一丁點的堅果類都沒用到，也沒用到花生油或是花生粉。蛋糕不可能是過敏的原因。」

森田環視在場眾人。

「根據醫生所說，鷹山聲稱自己吃了午餐，除了蛋糕以外，就沒再吃過任何東西。這麼一來，就代表我的蛋糕不知爲何帶有過敏原——怎麼樣，大家能解開這個謎嗎？」

森田爲這個長長的故事總結。

圓桌陷入短暫沉默。

「確實是推理故事呢。」伊佐山露出屬於評論家的表情。「這麼說可能有點缺德——

不過正如早先話題提到的，推理小說中有毒殺作品這麼一個分類。」

「你是指被害者遭人投毒，但投毒手段成謎的作品套路吧？」歌村向伊佐山確認。

「沒錯，森田先生剛才說的事情，如果把過敏原視爲毒物，就是一種毒殺故事。」

原來如此，這個講法挺缺德，但我明白伊佐山想說的。

福來舉手發言：「你確定自己沒用到堅果嗎？」

「我發誓絕對沒有。」森田點頭。「以防萬一，我回家還查了食材的成分表。食材原料裡面都沒有用到堅果類。」

「不只蛋糕體，奶油成分應該也確認過了吧？」福來再次確認：「奶油也沒有嗎？」

「當然，不論是蛋糕體還是奶油，就連砂糖也都沒用到堅果。」

「你有告訴醫生，蛋糕裡不可能含有堅果成分嗎？」

「是，雖然聽起來很像在逃避責任——但如果不究明眞正原因，日後說不定還會發生同樣的意外。」

這番話十分有道理。

「不過最終眞相大白了吧？」福來詢問：「不然你不會拿來出題考大家。」

「術業有專攻，醫生給了出色的解答。」森田點頭承認。

「醫生一開始也煩惱了一陣子，不過他想了一會，就找出了接觸過敏原的途徑。是個出乎意料的途徑。」

「要解開謎底，果然還是需要醫學方面的知識嗎？」

「不用，要解開謎團，只需要知道堅果類的過敏，即使只有接觸到極爲微量的過敏原，也會導致症狀發作。」

嗯——嗯！眞是個棘手的難題。

「嗯——」福來也發出低吟聲。「以靠推理小說吃飯的立場來說，我絕無逃避挑戰的道理。接下來就來一一探討各種可能性吧——首先，鷹村的過敏發作其實不是因爲堅果類過敏，而是其他過敏造成的——不會是這樣的套路吧？」

「其他過敏是指？」伊佐山插嘴詢問。

「比方說對蘋果或桃子過敏。我以前調查過過敏，所以還算清楚。成人之後發作的過敏，大多是一種在醫學上稱爲口腔過敏症候群的類型。這種過敏是由花粉症發作才引起的。因爲花粉類的過敏原，和這類水果的過敏原十分相似，導致身體誤認產生反應。以這次的情形來說，如果是對堅果類過敏，也可能是對蘋果、桃子或草莓等薔薇科的水果過敏而引起發作——伊佐山先生，沒問題吧？跟得上嗎？」

「沒問題，倒是福來兄，眞虧你講這一串沒結巴，佩服、佩服。」

森田無視這兩人幼稚的對話，淡淡搖頭。「原因毫無疑問是堅果。蛋糕的材料是蛋、低筋麵粉、砂糖和奶油，僅此而已。我本來就只是晚上作蛋糕來消遣，更何況我也不會作太難的蛋糕。福來先生說的，醫生也想過。鷹山沒有對蛋、小麥和牛奶過敏。」

「午餐呢？我記得你說過大家買了超商便當。」

伊佐山提問，不過森田再次搖頭說不是。

「從午餐到發作，已經過了三小時以上。食物過敏雖然很多種類，但是基本上，都是在攝取過敏原後的兩小時內發作。」

「說不定原因是保健食品之類的。」我把腦內閃過的想法說出口：「醫生問的是『吃了什麼東西』吧？一般人不會把保健食品列入食物範疇，算是一個盲點。」

我以為這個思路不錯，不過森田第三次搖頭。

「遺憾，既不是保健食品，也不是藥品。」

「我知道了，是護唇膏。」歌村打了一個響指：「我曾經在網路購物網站上，看過添加夏威夷豆成分的護唇膏，夏威夷豆也是堅果的一種。剛才你給我們看的照片上，在有拍到的那些東西中，其中就有用到堅果成分的護唇膏。」

「也不對。」森田一臉不好意思地說。「醫生也確認過了，鷹山用的是不含堅果成分的普通護唇膏。」

「雖然會直接推翻大前提，不過能相信她說自己除了蛋糕以外，什麼都沒吃的的說法嗎？」伊佐山緩緩開口。

「森田先生外出的期間，她可能吃了別的東西，卻沒說出來。」

「她爲什麼要說這種謊呢？」我問。

「當然是不想被當成缺乏自我管理的人。」伊佐山聳聳肩。「具體上是什麼，我就沒想到了。」

「不管吃了什麼，如果有用到堅果，就會記載在內容物成分表上。你要說她沒注意到這一點嗎？」

「症狀比較輕微的人，可能會對過敏有微妙的認知誤差，認爲只吃一點點就沒問題，所以會時不時吃一點。」

是這樣嗎？

「不，這個說法不太可能吧。」歌村否定了伊佐山的看法。「就算森田先生外出不在，同一個房間裡，還有她的天敵畑。就算隱瞞事實，只要他說一句『不對，她吃過其他東西』，謊言馬上就會被揭穿。」

「也許她是避開他的耳目吃的。」

「不惜做到這種程度，也要偷偷吃的食物又是什麼？」

面對這個疑問，伊佐山顯然沒準備好答案，於是陷入沉默。

「伊佐山先生的說法如何呢？」我詢問森田先生。

「很遺憾，並非正解。」

一敗塗地的伊佐山呻吟著沉進椅子裡。

這是個難題。

「差不多輪到我出場了。」令人不舒服地安靜了好一陣子的福來終於出聲，然後慢悠悠探出身子。

「你們都沒想到，為什麼森田先生要花那麼多篇幅說明工作室的情形？說到底，這個謎題是作為推理問題被提出來的，這一點十分重要。」

「哦。」森田露出饒富興趣的表情。

「我對於畑吃了穀物棒這件事很在意。那根穀物棒莫不是含有堅果成分？」

「哦哦！」森田發出讚嘆。「沒錯，正如你所說，是加了水果乾和堅果的穀物棒。」

森田說出和CalorieMate同樣有名的品牌名稱。

「不出我所料。」福來得意洋洋地說道。「這樣就合乎推理了。以結論而言，她的過敏發作是人為蓄意引起的。這次的事件，是畑幹的好事。」

突如其來道出的「犯人」，讓大家當場一陣騷動。如果是蓄意引起過敏發作，事情非同小可。只見福來對大家的猶疑毫不在意，充滿餘裕地端起茶杯啜飲。

「要指控人，可是需要相應的根據喔。」伊佐山提醒福來。

「排除一切不可能的因素，剩下的不管多麼令人難以置信，也必然是眞相。」福來洋洋自得地說道。

這是夏洛克．福爾摩斯的名言吧，還是深町眞理子翻譯的版本。伊佐山如此回應。

「既不是午餐，也不是下午茶的話，以邏輯來推斷，就會得到原因是蛋糕這個結論。那麼過敏原到底是從蛋糕的哪邊冒出來的呢？」

福來像在賣關子一般，用慢呑呑的語調說下去。

「雖然是有點後設的推理，不過這次事件，如果只是鷹山小姐個人問題，那麼森田先生就不用交代這麼多關於畑的事了。反過來說，可以認爲他正是解謎的關鍵。」

「以推理法來說，有點作弊，不過就算了。」伊佐山說道。「所以呢？」

「兩人正在交惡。想來畑應該是想報復一下囉嗦的前輩。你們工作室感覺會在工作結束後，一起上居酒屋喝一杯。在這種情況下，鷹山有過敏一事，畑就算知道也不足爲奇。手上剛好有堅果穀物棒的包裝袋，來惡作劇一下吧——他就是這樣隨便的心情。他覷準機會，把包裝袋裡剩下的堅果碎屑倒在蛋糕上——眞相就是這樣吧。」

福來瞇起黑框眼鏡後的雙眼，充滿自信地作結，然而——

「惡作劇的話，行為太過惡劣了吧。」伊佐山質疑。

「要偷偷撒碎屑，難度不會有點高嗎？」歌村也提出疑問。「抓準交惡對象不注意的時候，把碎屑撒到對方手邊的蛋糕上，我想沒小福來說得那麼容易。」

「此外，假使要從後設角度來推理，你的假說也算不上是森田先生所說的『令人意外的途徑』，」伊佐山乘勝追擊：「不就只是個惡劣的惡作劇嗎。」

福來被接二連三的反駁砲轟得招架不住，等待判決似地把視線投向森田。

森田歉疚地宣布。

「很遺憾，答案不正確。」

福來沉進椅子中。

「老實說，」森田縮起身子，一臉吞吞吐吐：「其實我也懷疑過畑，猜測是不是他做的。不過醫生想到的途徑另有答案。」

唔——過敏原究竟來自何方呢？這一點實在是個棘手的問題。

「有什麼提示嗎？」福來已經絞盡腦汁了，他終於示弱討饒。

「提示啊。」森田傷腦筋地沉思片刻，隨即點了點頭。

「那麼這個提示如何呢？以下是讓醫生想到答案的關鍵，醫生當時這麼問我——『森田先生，你早餐習慣吃飯嗎？』」

在場全員一臉困惑，我也不例外。這個問題簡直讓人摸不著頭腦。

「你是習慣早餐吃飯的人嗎？」福來直接問。

「我是有時吃飯，有時吃麵包，比例各半。」

「醫生聽了之後，就想到答案了嗎？」福來困惑地喃喃低語：「老實說，我只覺得更混亂了。」

深有同感。

森田就算是早餐習慣吃飯的人，那又怎麼樣？他要煮飯，還是要烤麵包，根本就無所謂——想到這裡，我靈光一閃。

「我明白了。」

眾人的視線聚集在我的身上。

「真是壞心眼的提示啊。雖然並非說謊，但刻意挑了迂迴的說法。」

森田露出猶如小孩子惡作劇被抓到的表情：「您這麼說，是指？」

「醫生其實是這麼問你的吧——你早上會吃麵包嗎？」

森田搔搔頭：「看來你已經明白啦。」

果然如此——得到答案的我轉向福來：「老師的意見就某方面來說是正中紅心。」

「你指什麼？」福來歪頭不解。

「森田老師是以推理謎題來講述這件事的這一點。」

我端起茶杯，送至嘴邊。

「不過老師後來的論述就搞錯了。真正的線索在自家兼工作室，所以每天吃早餐也都是在同一個地方。」

森田發出近似喟嘆的聲音。

「那一天，假設森田老師在工作室吃麵包當早餐——如果老師在麵包上，塗了常拿來配麵包的花生醬呢？如此一來，工作室內就會有一把沾滿花生成分的刀子。而且假設這邊使用的不是抹刀，而是可以拿來塗抹，也能拿來切東西的餐刀，又當如何呢？這類餐刀能拿來切麵包，也能拿來塗抹醬，用途十分多樣。切蛋糕自然不在話下。」

大家臉上都浮現恍然大悟的神情。

「吃完早餐之後，刀子當然會拿去洗。不過要是洗得不夠徹底呢？如果還殘留一丁點花生醬的成分，然後——又用了同一把刀子去切蛋糕呢？」

「如此一來，花生成分就會沾附到蛋糕上。」福來接著道。

「不過那也只有一點點吧？光這樣就會引起過敏反應嗎？」

針對伊佐山的疑問，我回答：「過敏即使只接觸微量也會發症，所以食品製造商才會那麼神經質。」

「答對了。」森田拍手鼓掌。「眞厲害啊，醫生的解釋也是如此。我被醫生問到是否吃了麵包，有沒有用花生醬。在被問到前，我完全沒意識到，直到被醫生這麼問之後，才隱約記得自己吃過麵包。聽到我這麼回答，醫生馬上從椅子站起來大喊『就是這個！』，似乎偶爾會發生類似情形。」

森田環視在場眾人。

「這就是醫生對於不可能的過敏，所提出的答案。雖然蛋糕沒有問題，但還是我的疏失——沒想到不過是刀子沒洗乾淨，竟然發生這麼危險的事情，眞是傷腦筋。我還以爲自己一絲不苟，看來自我評價實在不準。一方面也是表示反省，我大概有一陣子都不會吃麵包了。」

森田搔搔頭，再次向我拍手致意。

「眞不愧是推理小說專家，醫生絞盡腦汁想出來的答案，這麼簡單就被看穿了。」

今天敗給夏川啊——福來悔恨地嘟噥。得到大家的讚揚，讓我心下一陣得意。

今天沒有店長出場的機會呢，歌村有點意猶未盡地說道。她大概隱隱期待看到店長像上次——拯救福來的危機時那樣，展現出快刀斬亂麻一般的精采表現。「哎，不過答案先被猜到了，也沒辦法。」

「眞是不好意思。」我向歌村低頭，然後看向茶畑。話說得太多，喉嚨有點乾。

「不好意思，能再來一杯——」我話說到一半，赫然一驚。

因爲此刻，吧檯後的茶畑臉上不知爲何浮現出爲難的表情。我對這個表情記憶猶新，正是福來有難，茶畑被大家追問是否知道犯人身分時，試圖裝傻蒙混的表情。這個店長就只有說謊特別弱。

他是否知道了什麼——

「店長，剛才的話，你大致上都聽到了吧？」

和我有相同感想，歌村詢問茶畑。

「眞是抱歉，不小心偷聽了各位的對話。」

「是我們講話太大聲了，別在意。」歌村應道。「比起這個，你有什麼想法嗎？」

「是，就過敏及其對策方面而言，身爲餐飲業業者，應當謹記在心。」

茶畑這麼回答，但是他的說話方式，給人一種吞吞吐吐的感覺。

「剛才的故事，有什麼令人在意的地方嗎？」

森田似乎也有同樣感受，只見他臉上露出認眞的神色。

「你看，森田先生也很在意喔。」

「就是說啊。」

大家一口一聲地起鬨，即使如此，仍然僵持了一陣子——三分鐘後，茶畑終於投降。

他帶著放棄掙扎的表情，步出吧檯，站在森田旁邊，靜靜開口道來。

「令我在意的是森田先生一開始的話。」

森田歪頭不解。

「您說過有一些不能釋懷的地方，但照您的說法，助手的過敏止於輕症，看似不可思議的謎團也已解開。」茶畑頓了一頓：「既然事情都毫無懸念地解決了，您又爲何無法釋懷呢？」

這番話讓我如夢初醒，森田確實仍是一臉難以釋懷——應該說他一臉骨鯁在喉。

「因此我才猜想，也許是還有什麼事情，讓您耿耿於懷。說不定——」茶畑目不轉睛地盯著森田：「醫師的說明其實讓您難以信服，不是嗎？」

「你爲什麼這麼認爲？」森田反問。

「先前聽您所說，您對醫師的想法給予的評價是『出色的解答』或是『解釋』，卻絲毫不曾使用眞相或事實這類詞語。依我推測，您可能還無法全盤採納醫師的看法。」

森田不禁讚嘆：「太厲害了，其實正是如此。」

「你不相信刀子的說法？」福來從桌上探出身子。

「我一開始接受了，但事後愈想愈不對勁。」

「爲什麼？」

「那一天，我不記得我有塗花生醬。」森田搖搖頭。「到了這把年紀，也許會忘了早餐吃過什麼——但努力回想，大致上都能回想起來。」

「是這樣沒錯啦，只要前一天不要喝酒喝過頭就好。」福來贊同。

「然而不管我怎麼努力回想，我都不記得吃過花生醬。我甚至還有我配著咖啡，把簡單烤過的白吐司嚥下喉嚨的印象。畢竟截稿日期快到，我幾乎沒好好吃飯。」

森田發出嘆息。

「當然，我認爲只是我記錯了。畢竟醫生在經過各番推敲才做出診斷。此外也沒別的可能性了。」

茶畑原本一邊聽一邊點頭，卻在聽到最後一句話的時候，臉上閃現幾不可察的猶豫神色。這一瞬間的變化，沒逃過我的觀察。

「店長，其實你已經想通過敏之謎了吧。」

茶畑依舊搖頭，但說謊功力實在太差。在眾人再次的圍剿之下，茶畑以「請不要全部當眞」作爲開場白，靜靜開口。

「開店與年輕的客人接觸，我發現——以二分法來說的話，他們可以分成兩種類型：凡事都想與人分享的類型，以及與之相反的內向類型。有人一締結新戀情，就會昭告天下；也有人選擇向周圍徹底隱瞞。」

突如其來的年輕人學說，讓大家都一陣錯愕。茶畑對此毫不在意，淡然地說了下去。

「內向類型的兩人，如果從職場的前輩、後輩關係，發展成戀人關係，又當如何呢？太過害羞，不想被上司知道，刻意裝出若無其事的冷淡態度，也是十分有可能的。

「結果卻讓森田先生為此擔心，兩人想來愈發難以開口。這種情況下，在旁人眼中，兩人的關係或許就會顯得十分糟糕。」

聽到這裡，我終於明白茶畑在說什麼。

福來插嘴詢問。

「你想說鷹山和畑其實是情侶嗎？」

「當然兩人可能眞的不睦。我只是想表達，兩人關係也可以用這種方式解釋。」

森田似乎大受打擊：「他們兩人竟然在交往……」

「不可能嗎？」

「不，我也無法斷定——可是那兩人……」森田伸手擦去額頭的汗水，看來相當動搖：「實在難以置信。」

「只是提出有這種解釋而已，請不要全盤相信。」

茶畑一派冷靜。

「只是這個解釋，並非毫無根據。例如畑先生在聽聞鷹山小姐過敏發症的時候，立刻攔下計程車，讓兩人上車。」

「嗯，那又怎麼了？」

「根據您先前說法，兩位是一上車，計程車便直接開往醫院——我是如此理解。」

「沒錯，因爲畑已經跟司機說過要去哪裡了。」

「而該處正是鷹山小姐常看的醫師所在。」

「呃，對。」

「如此一來，就顯得十分不可思議。這表示畑先生知道鷹山小姐常去看診的醫院。然而他又是如何得知呢？即便是感情融洽的同僚，要連對方常看的醫師都知道，想來還是相當罕見才對。」

啊，大家一起揚起恍然大悟的聲音。

「不過如果是會去彼此家中的關係，」伊佐山說道：「就算知道戀人常看的醫生，也沒什麼好奇怪。」

「確實，」森田發出一陣呻吟：「這麼一說，的確這樣。我怎麼都沒注意到。」

「還有一點，」茶畑補充：「我記得畑先生偶爾會不對鷹山小姐道早安。」

「是啊，以一個出社會的大人來說，實在是有點不像樣。」

「正如您所說。不過這件事也可以用這種方式解釋：其實兩人已經互道早安了。因爲已經說過早安，才會忘了在上司面前演戲再說一次。」

嘎——福來突然發出怪聲。「也就是說，其中一方在另一方的家中過夜，一夜過後，兩人互道早安。」

「有這種可能性。」茶畑頷首回應。

森田啞口無言，一臉呆愣：「我眞是瞎了眼。」

「好啦我知道，別在意。」福來不耐煩地點頭。「所以呢？就算兩人在交往，又跟過敏有什麼關係？」

「要說最令我在意的一點就是，」茶畑靜靜地繼續道：「我記得您說過，聽到鷹山小姐過敏發症時，畑先生忽然吃驚地捂住嘴，是這樣沒錯吧？」

森田不解其意地點頭：「對，那又怎麼了嗎？」

「他爲何會捂住嘴巴呢？」

「咦？」

「他並沒有脫口說錯話，這樣的反應豈不是有點費解嗎？」

森田臉上迷惑不解的神色加深：「但他確實是這麼做了。」

「我並不是在懷疑您的說法。」茶畑搖了搖頭。「我只是認爲，他之所以會捂住嘴巴，背後是不是有什麼理由。」

「理由嗎？」

「是的，除了說錯話以外，人會在什麼時候，伸手捂住自己的嘴巴呢？」茶畑如此說道，同時看向福來：「關於這一點，早先福來先生已經提供了提示。」

福來吃驚地伸手指著自己：「我給了什麼提示？」

茶畑粲然一笑。

「雖然有些難以啓齒——我記得您的鬍子之前沾了堅果碎屑。」

福來的手再次探向嘴邊。

「人只要被說嘴巴沾到東西，就會下意識地把手伸到嘴邊，然後試著擦拭沾在嘴上的東西。」

當時的福來確實如此。

「聽到鷹山小姐過敏發作的畑先生，大概一時之間認爲自己的嘴邊沾到東西，才會情不自禁地把手伸向嘴邊。」

福來掩著嘴詢問：「你說沾到東西，是指沾到什麼？」

「畑先生之前吃了含有堅果類的穀物棒，大概是堅果的碎屑沾到嘴邊了吧。畑先生想必察覺到這正是引起過敏的原因。」

「我知道了。」伊佐山大喊：「也就是說，他們兩人——」

歌村接著說下去：「我也知道了，兩人在森田先生不在時，偷偷——接吻了。」

「揣度探究他人戀情，實在於心難安，不過這應該是答案了。」茶畑點頭。「堅果類的過敏，即使微量接觸也會發症。雖然我也僅是略有所聞，不過據說在加拿大，發生過一位有過敏體質的女性，因爲和吃過花生醬的戀人接吻，引起休克身亡的不幸意外。」

他感到痛心似地搖了搖頭。

「此次也許就是發生了雷同的情形。一般人不會想到嘴對嘴會使人攝取過敏原，畑先生想必大意了。他聽到鷹山小姐過敏發作，才意識到自己粗心的行爲。」

森田啞口無語一會，隨即沉下臉。

「意思是說，他們明知眞相，卻默不吭聲嗎？太過分了，他們大可直接說出來。」

「我也這麼覺得。」福來也語帶譴責：「森田先生還因此蒙受不白之冤，實在令人難以贊同。」

「他們當然說不出口啦。」歌村替兩人說話：「他們可是連交往都保密的情侶，更別說還引起了這種大騷動，自然說不出口。」

「我也覺得譴責他們兩位稍嫌嚴苛。」茶畑也點頭附和。「在工作時間——該怎麼說才好呢——親熱，終究不是値得嘉獎的行爲，我想兩人因此錯失開口的良機。」

伊佐山的臉上露出評論家的表情。

「原來如此，沒想到原本以為在講毒殺手法，結果重點是在講隱藏的人際關係啊。以克莉絲蒂來說就是《絲柏的哀歌》，或者說——」

他開始一個人喃喃自語。

森田似乎仍是無法接受。

「也就是說，鷹山連對醫生都說了謊嗎？既然她沒對醫生說出穀物棒的事情。」

「鷹山小姐自己說不定也未能立刻察覺到，原因是兩人的吻。」茶畑再次為兩人說話。「直到醫師究明原因為止，知曉蛋糕材料並未使用堅果的人，就只有森田先生您而已。不知道這一點的話，一般都會以為問題出在蛋糕上，不會特地尋找其他可能性。」

「這麼一說，也許吧。」

「我想兩人並無計畫讓森田先生頂罪。聽到蛋糕不可能引起過敏，鷹山小姐想必也嚇了一跳。畑先生恐怕在察覺是穀物棒的時候，就想要告知鷹山小姐，只是為了儘早去醫院，才錯失時機。當然他想必也用簡訊等聯絡了——只是診察中的鷹山小姐未能注意到。若更早注意到，她就能假裝是自己不小心吃了含有堅果的穀物棒，事情就不會變得如此麻煩。當她明白原因的時候，已經是和醫師談完之後了。結果讓森田先生的蛋糕蒙受嫌疑。事情經過應該就是這個樣子，我認為兩人絕非心懷惡意。」

茶畑的說明讓氣憤不已的森田也稍微冷靜下來。

「是說啊，我明白情侶就是會想要親熱，」福來雙手盤胸抱怨：「不過也沒必要上司一不在，就忙著親熱吧。」

「這一點，我想應該是森田先生說的話，所造成的影響。」

茶畑臉上難得帶著惡作劇一般的表情。

「我說了什麼？」

森田驚訝地問，茶畑回答。

「你們兩位要好好相處喔，您不是這麼對鷹山小姐說嗎？雖然是出自好心的忠告，但對隱瞞交往一事的兩人來說，森田先生您的話，聽在耳中，或許顯得有些滑稽。『竟然叫我們好好相處』，兩人如此嬉笑之後，心情或許隨之起舞——這樣也是相當自然的。」

「原來如此啊。」

森田一臉百感交集地注視著茶畑，隨後沉進椅子裡，發出一聲長嘆。

「森田先生，我明白你覺得生氣，不過這裡還是祝福兩位年輕人吧。」

伊佐山出言勸慰。

「不，我並不是生氣。」

森田露出苦笑。

「我只是不知道該說是感慨良多還是——想到鷹山和那個畑，竟然是趁我不在時偷偷親熱的關係。」

森田臉上浮現半分欣慰、半分落寞的表情，用彷彿望向遠方的眼神，注視著店內的白色天花板。

「是我的想像力太旺盛了。」茶畑急忙聲明：「容我再三強調，這一切不過是我的推測，請不要全然聽信。我只是想表明，除了刀子以外，還能用其他方式解釋。」

「哎——眞是茅塞頓開。」

森田一臉神清氣爽。

「不管我怎麼努力回想都沒有記憶，害我快對自己失去信心，以爲自己當眞這麼健忘——如此一來，我就安心了。」

他向茶畑低頭致意。

「不過要是拙劣地戳破兩人的事情，可能反而讓氣氛變得尷尬。爲了兩人的戀情，還是裝作和之前一樣毫不知情的樣子比較好。」

「我也覺得這樣比較好。時機成熟，兩位自然向您道出一切的日子想必會到來。」

茶畑如此說道。

作者後記

仿效艾薩克・艾西莫夫（Isaac Asimov）《黑鰥夫俱樂部》的做法來揭露本作題材，我其實是在看《寄生上流》的時候，想到了這次的核心主題。已經看過那部電影的讀者，想必能夠馬上心領神會。沒錯，就是那段圍繞著桃子過敏，令人印象深刻的攻防戰。也就是說，於本作登場的堅果過敏的女性，其實在原本設定上是對桃子過敏。

那麼爲什麼要改成堅果呢？說起來，是因爲我不確定桃子果汁是否足以引起像本作事件的現象。不管我怎麼搜尋網路、翻閱資料，都找不到相關資訊。我的姊夫剛好是對桃子過敏，我便問了他，沒想到回答竟然是「沒有經驗」。過敏的話，我也不可能對他說「那請你吃吃看」，於是我只好轉而調查其他的過敏，找到在解決篇提及的案例，這才讓故事大致確立呈現在的樣子。

——就在這邊收尾的話，也未免太過寂寞，因此容我在此稍微提一下《黑鰥夫俱樂部》。

說起「黑鰥夫」深具特色的後記，不得不提關於各篇故事標題的種種內幕。這篇作品在《EQMM》雜誌，是以○○的標題刊載，但我取的名字比較好，所以我在單行本又把標題改回來了——諸如此類不知該說是牢騷，還是挖苦的艾西莫夫的作者後記。

說到標題，作中福來曾提及「不可能的過敏」一詞簡直就像繞口令，這是筆者自身毫無誇飾的實際感受。一方面也是因爲筆者大舌頭。實際念出標題時，好幾次舌頭打結，差點沒咬到舌頭。

我也煩惱過，標題是否該用這麼囉嗦的詞句。不過因爲這個詞句出色地表達出故事的內容，「不可能」一詞又令人湧起對於不可能的好奇心。更何況宛如繞口令的標題，老實說很好玩。

於是我便戰戰兢兢地，用這個標題提交出去了。

另外，關於《黑鰥夫俱樂部》的後記，創元推理文庫的第一集到第五集收錄的共六十回後記，其實裡面有十五篇，相當於全部四分之一，都是以某種形式談及標題。想來是艾西莫夫的拿手題材。

此外，作中提及的《花生醬殺人事件》，是以高級老人安養中心為舞台的「海濱肯頓大騷動」系列的第四部作品。從標題來看，想必會讓人以為是花生醬遭人下毒的殺人事件，不過實際上花生醬根本沒出現。那麼為何標題要取這個名字呢——欲知詳情，請見《花生醬殺人事件》一書。故事中，老人偵探團奮勇挑戰被火車輾死的男人之謎。

《絲柏的哀歌》是阿嘉莎．克莉絲蒂（Agatha Christie）於一九四〇年發表，屬於赫丘里．白羅系列的長篇故事。與《東方快車謀殺案》及《一個都不留》等重量級大作相比，知名度自是略遜一籌，但依舊是韻味深長的佳作，在支持者之間受到好評支持。身負毒殺嫌疑，站在法庭上的主角令人留下鮮明印象，白羅的推理也精闢敏銳，是一部值得推薦的作品。

柯基犬與附子草之謎

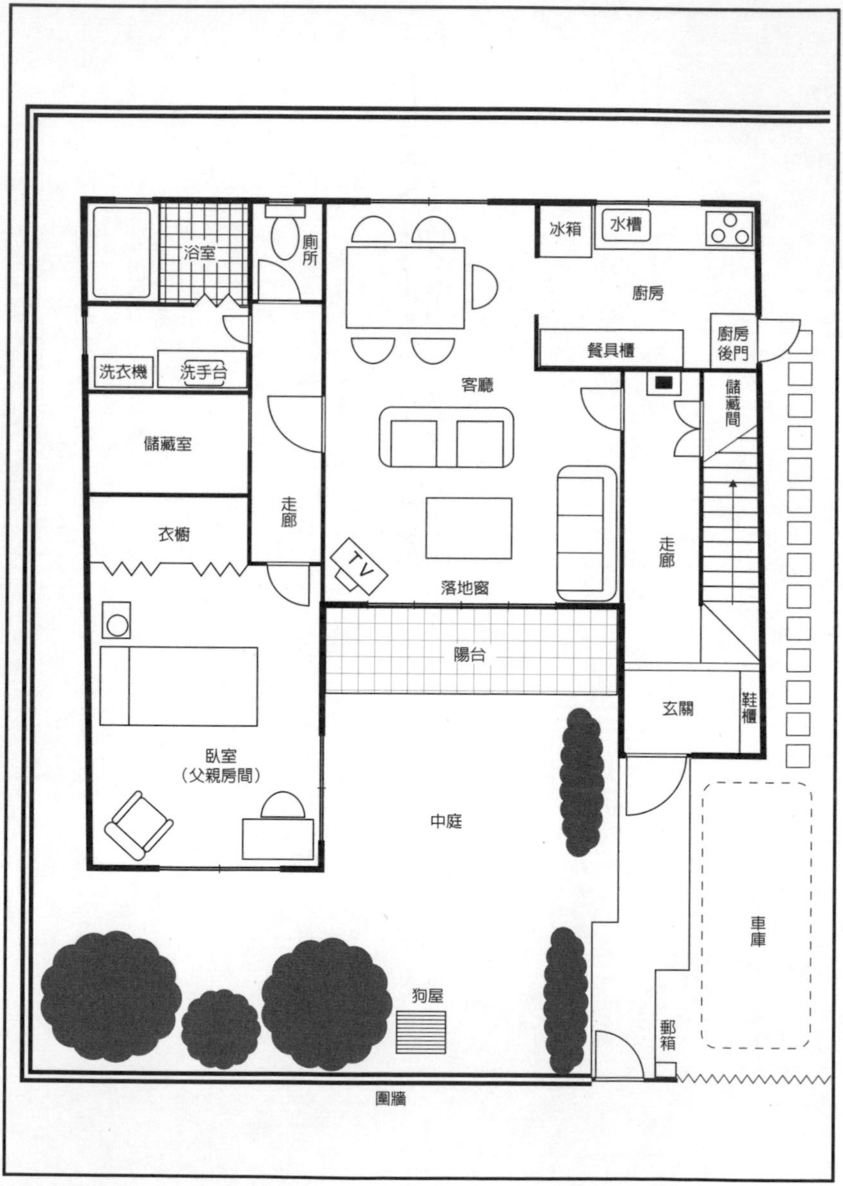
浴室
廁所
冰箱
水槽
廚房
餐具櫃
廚房後門
洗衣機
洗手台
客廳
儲藏間
儲藏室
走廊
衣櫥
TV
落地窗
走廊
陽台
玄關
鞋櫃
臥室（父親房間）
中庭
車庫
狗屋
郵箱
圍牆

「盧過世到現在，已經快三十年了。」

坐在吧檯前的婦人用輕柔的嗓音向店長茶畑傾訴。她擁有一頭泛著淡淡紫色的銀髮，繫著絲巾，儀態端正優美。

「然而犯人依舊身分不明。」

犯人？

在店內深處，圍著圓桌的我們悄然對視。

五月的尾聲，咖啡店「漫步」內，正在進行「Cozy Boys的聚會」。

「Cozy Boys的聚會」——也就是在舊書店和咖啡店匯聚的荻窪，出版相關業者們聚頭暢談推理小說的聚會。擔任聚會總召兼同好雜誌《COZY》主編的歌村由佳理、作家福來晶一、評論家兼舊書店店主的伊佐山春嶽，以及像在下夏川司這樣的編輯等，以各自方式參與推理小說活動的人們，齊聚一堂漫談。聚會有兩條規則：盡情說作品壞話，只是不可說人的壞話。儘管後者的規約幾乎沒人遵守。

以品評新書為名的說壞話大會告一段落——細節保密——大家各自端起飲料時，這句神祕的台詞就這樣鑽進大家耳朵。

「聽到了嗎？」「聽到了。」「好像是說，犯人身分不明之類的。」

我們透過眼神表情交換了這樣的對話。身為推理小說愛好者，實在無法放任不管，但是偷聽他人對話，又讓人良心難安。對我們的內心糾葛一無所覺的茶畑，用一如往常的表情應和，伴隨著一聲「讓您久等了」，將紅茶放至婦人面前。身材瘦削，面容沉靜，頂著青磣磣光頭的茶畑，今日也是穿著打理得整整齊齊的正式西裝背心，舉止優雅俐落。

看著茶畑的身姿，我們才回過神。偷聽行爲果然不可取。儘管好奇心蠢蠢欲動，我們還是默默達成一致，開始尋找下一個話題——此時援手出現了。

「這不是福來老師嗎？」

坐在吧檯的婦人轉身朝我們搭話。突然被點名的福來，瞪大黑框眼鏡下的雙眼。

「還記得嗎，我們曾經在S公司的派對上同席。」

「哎呀，春野老師，沒想到會在這裡遇到。」福來咧嘴揚笑，然後轉向我們：「這位是春野澄香老師，寫《西荻角落日記》的那位。」

哦哦，在座的人都揚起了聲音。

春野澄香——任教於Z大學的國文系，同時也就地以西荻窪爲舞台，書寫輕鬆有趣的散文，並以此聞名的教授。因爲破傷風而到鬼門關走一遭的故事、停車技術太差而差點撞死父親的故事、哥哥因爲泡沫經濟崩壞而破產，逃去澳門的故事——諸如此類，與悠哉的書名相反的故事大受歡迎。她同時也喜歡推理小說，記得她還曾於敝社雜誌的專欄上刊登過文章。我連忙拿出名片，其他人也紛紛自我介紹。

「原來是專業人士討論推理小說的聚會呀。」

聽到聚會主旨，春野教授露出感興趣的表情。

「單純是一群人聚在一起，說人壞話而已。」代表聚會發言的歌村苦笑著回答：「您常到這家店來嗎？」

「偶爾而已。是說，」春野教授露出有些銳利的眼神：「你們在偷聽我們說話吧？」被抓包了，我們一陣慌亂。「眞抱歉，一時興起忍不住。」福來補上一句多餘辯解。

「我才不好意思，我講話太大聲了。」春野教授也苦笑：「大學的人也都不叫我澄香，說應該是音響（註）才對。」

她的嗓門並不像她說的那麼大，不過聲音很嘹亮清晰。

「其實呢，我剛才說的，並不是類似推理小說的殺人事件，而是在說狗。」

啊？我不禁出聲。盧原來是狗的名字嗎。「我們還以爲，鐵定是哪邊出了人命呢。」福來又發出多此一舉的言論——不過「犯人」又是？

春野教授臉上露出一抹哀傷的神色。「眞的很過分，有人對狗下了毒，但犯人始終沒抓到。牠明明是很親人的乖孩子。」

註：澄香日文為すみか（sumika），與音響（speaker）讀音相近。

下毒！

大家一陣騷動，春野教授又繼續說。「雖然犯人沒抓到，但我知道是誰。我想應該是理香——舍妹下的手。」

現場頓時一陣靜默。

福來顫怯怯地發問：「老師是說妳的家人嗎？有什麼證據嗎？」

「我沒有確切證據，不過她確實對盧抱有嫉妒之情，而且也有下毒機會。」

「嗯……」

「在那之後，我和妹妹就一直關係疏遠。」

我們面面相覷。話題似乎變得有些沉重。

「抱歉，說這些掃興的話題。不說這些了。」

「沒這回事，」歌村回應：「我們太多管閒事了。」

「沒事的，都是以前的事情了。」春野教授說得雲淡風輕，但眼中的哀愁色彩卻顯得更加深沉。「我只是最近開始不安。儘管都過去這麼久了，但擅自認定犯人是我妹妹，眞的好嗎？」

「唔。」

「人上年紀之後，隨著親人愈來愈少，個性大概也跟著變軟弱了。」春野教授自嘲似地嘆氣。「如果是誤會，我很想向她道歉。」

沉默降臨，在場眾人似乎都不知道該說什麼才好。過了一會，福來雙手盤胸，開口詢問：「老師認爲令妹就是犯人嗎？」

「是的。」

「同時，妳又認爲令妹不是凶手就好了。」

「您說得沒錯。」

「也就是說，老師想重新審視當時的事件，沒錯吧？」

春野教授點頭：「但實在過太久了，都是將近三十年前的事情了。」

「很難說呢，說不定我們能幫上忙。」福來環視眾人的臉。「令妹是否眞的是犯人，這個問題或許值得重新審思一下。老師，如果妳不介意，能說給我們聽聽嗎？從第三者的觀點，說不定能發現其他可能。」

福來似乎是聽到後來，古道熱腸的內心遭到觸動，只見他挺起胸膛：「別看我們這樣，其實算小有成果。」

「哦，」春野教授臉上露出微訝神情：「成果嗎？」

「我們有些成功解開謎團的經驗。」伊佐山補充：「不過福來有點言過其實了。」

畢竟全都是店長的功勞嘛，歌村在一旁小聲說。

春野教授欲言又止地環視眾人：「這件事我無法跟任何人商量，一直悶在心中，如果各位願意聽我說，我自然很開心。不過這終究不是愉快的內容，恐怕不太好意思。」

「只要老師願意說，我們洗耳恭聽。」

福來從旁邊拉椅子過來，春野教授便坐過來——開始道出柯基犬與毒物的謎團。

「該從哪邊開始說起呢——對了，先給各位看看照片。」春野教授從皮包中拿出平板，點開畫面。「都是將以前照片數位化的圖片，畫質不高。」

平板畫面上顯示出圓滾滾的柯基犬。照片中，牠兩腳併攏，趴坐在草坪。抬起黑亮圓潤眼睛盯著鏡頭的模樣，十分惹人憐愛。

「牠當時大概五歲，還很調皮。」

春野教授瞇細雙眼，繼續展示一張張照片。柯基犬躺在草坪上的模樣，以及和比現在更年輕的春野教授嬉戲的瞬間等，淨是不禁讓人面露微笑的照片。

不久，畫面上出現一位蹲下撫著盧脖頸的男性。對方看上去頗有年紀，一頭銀髮往後梳，儼然一派紳士風貌，以老套說法就是典型的灰髮熟男（註）。照片緊接著切換成下一張，只見灰髮熟男被盧纏著玩耍，臉上露出笑意，一旁則是一位戴著眼鏡的嬌小女性望著他們，感覺像在遠遠圍觀歡騰的一人一狗。畫面再次切換，灰髮熟男和方才的女性，一左一右地站在端坐在草坪上的盧兩旁。女性可能有些緊張，眼神死死地盯著畫面。

「這是家父和理香。」

我不禁用力盯著畫面。兩人氣質優雅的五官，和春野教授確實有相仿之處。

「令尊眞帥。」歌村讚美，被春野教授苦笑著回說只有外表而已，其實內心十分怯懦。她收起平板。我沒記錯的話，他在散文中的家庭形象，諸如不敢獨自進第一次造訪的店，或是在廚房偷吃不承認等，和紳士外表大相逕庭的軼事都相當印象深刻。

「父親退休之後，就迷上冷硬派故事。不是有一位偵探叫盧・亞徹（Lew Archer）嗎？盧的名字就是這麼來的。」

哦，大家又揚起感嘆聲。記得春野教授的父親是代代相傳的有錢人，在金融界也小有盛名。沒想到老後的興趣如此有品味。

「開始養盧，起因也是父親。理香開始工作——她是當獸醫——她便離家自己住，父親怕寂寞，央求說想養狗。」

話雖這麼說，但當時我還跟父親住在一起，所以這麼講實在有點過分。春野教授說

註：原文為ロマンスグレー（romance gray），因一九五五年上映電影的男星而流行起來的說法，以髮色借指充滿魅力的初老男性。

著，再次苦笑。

「盧很黏父親，父親開心得不得了，還會說出『你眞是個天使』這種不像他會說的話。他也終於安穩下來，不再一天到晚纏著理香。之前，他幾乎每週都會打電話，問理香下次什麼時候回家，要求她偶爾回來露露臉。盧來我們家之後，這類電話就停止了。」

「畢竟一直無法離開小孩也不太好嘛。」福來頗有心得地插嘴。

「沒錯，所以我也鬆了一口氣——不過現在回想，這樣的變化或許讓理香很難過。」

「因爲電話不再打來嗎？」

「理香從以前就是個有點不合群的孩子。」春野教授的臉上浮現一抹陰霾。「她不擅長配合周圍的人，當時在任職的醫院，似乎也還沒適應環境。像她這樣的人，各位應該大致上猜得到吧？」

「想來她和令尊感情應該很好。」

「畢竟她最信賴的人就是父親。」

氣氛陷入一陣靜謐。

講這些讓心情不好的事情，眞是不好意思。春野教授道歉，然後繼續說。

「那時是六月，我還記得天氣異常熱，上門訪客也很多。首先是下午的時候，家兄一志飄然出現。」

一志——常在散文中讀到的名字出現了。

「他是個生性自由的人，在吉祥寺經營進口家具的公司。因爲是自己當老闆，行動比較自由，就常跑來找父親聊天。」

「就是澳門的那位哥哥嘛，」福來插嘴：「我在《角落日記》讀過他的事蹟。」

「小福來，閉嘴安靜聽人說話。」歌村斥責。

「當時他的公司應該已經陷入困境，我也不知道他到底在想什麼。父親也是，因爲閒著，只要是盧不在的時候就舉雙手歡迎。」

總之就是一位個性悠閒的兄長，春野教授嘀咕著嘆了一口氣。

「接著理香也回來了，簡直嚇我一跳。她突然遞出裝著牡丹餅的保鮮盒說：『是我自己做的，爸爸不是很愛吃這個嗎？』」

「有什麼問題嗎？」歌村歪歪頭。「雖然以季節來說，牡丹餅有點不合時節。」

「因爲她平常在家裡不太下廚。根據她本人說法，獨自生活後，開始對料理產生興趣，還很乖地說『偶爾也想孝順一下』。不過六月卻帶著牡丹餅來，從這一點來看，她還是不太合群——總之事情就變成『那來吃下午茶吧』，大家聚在客廳閒聊。父親即使在這種時候，還是滿口盧的事情，開心跟大家分享盧現在體重幾公斤、吃了什麼。最後就連一志都受不了，說出『盧的話題已經夠了吧』。接下來，我們向理香問起當獸醫的工作狀況如何。理香算是我們家中比較特立獨行的小孩，因為我們家都偏文組，就只有她進了理組，讓我們從以前就覺得很不可思議，經常說理香果然就是不太一樣。」

我不禁想起剛才照片中，她和大家拉開距離，彷彿在默默觀察的樣子——不，這或許是偏見。

「工作上沒問題。理香這麼說，不過現在回想起來，她的語氣有點含糊。想來應該不太想被大家問起。」

春野教授露出後悔的眼神，搖了搖頭，又說下去。

「過了一會，父親說他累了，就回自己房間了。畢竟天氣很熱，他從春天心臟出毛病之後就常常窩在自己房間。聊天中斷，原本在院子裡睡覺的盧跑了過來。啊，院子和房間落地窗相連。牠趴在玻璃上，汪汪叫著要人開門。牠生性靜不下來，即使只是有人從圍牆外經過，牠也會汪汪叫，一整天都吠個不停。」

「畢竟貓狗都有各自性格。」福來大點其頭。「我家的貓也是難以安分的個性。」

「就叫你安靜聽話了。」歌村再次訓斥。

「因為牠實在叫得太厲害，我們就打開落地窗陪牠玩，一邊你一言我一語地閒聊，說這孩子又胖了，都是爸爸的錯之類的。」

春野教授端起紅茶，送到嘴邊。

「這時候理香問到『爸爸最近怎麼樣?』,我回答她:『如同妳所見,盧來家裡以後,他開心得不得了。』理香聽了臉色一暗:『果然是這樣啊。』現在想想,也許這就是事情的契機。」春野教授環視眾人。「用這樣的步調講下去,還可以嗎?」

我們點頭回應。春野教授的敘事詳實,讓人能輕鬆想像出當時情景。春野教授聞言,似乎鬆了一口氣,便又繼續講下去。

「接著她就說,爸爸只要有盧在就好了吧——她用開玩笑的語氣這麼說,但我聽著感到心裡怪怪的,覺得她到底想說什麼。不過當時我認為她在嫉妒而已。」

這句話聽起來,確實帶著一點令人不安的色彩。

「到了三點,我開始準備下午茶。形狀雖然有點不美觀,不過味道確實是牡丹餅的味道。」她也是很努力呢,春野教授低聲補上一句。「我用小碟子分給大家。大哥說『我拿去端給老爸』,走出客廳之後,電話就響了。因爲是以前的事情,當時沒有手機,用的還是家裡的固定電話。我連忙到走廊接電話。這段期間,理香獨自一人。」

春野教授強調似地環視眾人。

「講完電話,大哥也回來了。他說:『老爸好像沒什麼食欲,果然是心臟不好,身體變弱了。』後來我們又稍微閒聊一陣子,兩人就一起回家了。我還在想家裡終於靜下來了,才突然發現周圍太安靜了。」

大家都忘了應聲——就連福來也是——只是入神聆聽。

「我完全沒聽到盧的聲音。要在平常，牠一定會吵著要吃。我感到一陣不安，連忙到院子一看——發現盧渾身無力地倒在院子深處的樹蔭下。牠一看到我，就站了起來，但牠的腳卻在抽筋。緊接著就開始吐。

「這是食物中毒！我馬上這麼想。一定是飼料因爲天氣太熱而壞掉了。『怎麼了？』父親從窗戶探頭這麼問，但我沒空理他，馬上就帶著盧去醫院。」春野教授停頓了一下。「送到醫院之後，盧就斷氣了。」

雖然是大家早已知道的結局，但很難受。沉重的空氣籠罩在圓桌之上。

「接下來才是問題。我被醫院的醫生問到，有沒有讓盧吃洋蔥。我回答說沒有，醫生接著又問我有沒有讓盧吃巧克力。我問醫生爲什麼要這麼問，醫生回答說：『腳抽筋令人在意。比起細菌性的食物中毒，感覺更像吃了洋蔥或巧克力的症狀。』」

「洋蔥？」我歪著頭詢問。

「狗吃了洋蔥會中毒，巧克力也是。」福來一臉洋洋得意。「這可是常識喔。」

「我記得木醣醇也不行。」歌村也加上一句。

「醫生也這麼說。」春野教授點了點頭。「聽我說沒有印象，醫生就說：『那可能是吃到除草劑或殺蟲劑。』我反駁說不可能。因爲剛開始養盧的時候，理香就叮嚀過全家，說她列出的東西對狗來說是劇毒。所以我盡可能讓盧遠離這些東西，也都沒在使用農藥之類的。結果醫生就說：『說不定是厭犬人士做的好事。』」

「ㄧㄢˋ ㄑㄩㄢˇ？」

這次換福來歪頭不解。

「世界上似乎存在著討厭貓狗，想要排除的人。雖然難以置信，但對方是爲人足以信賴的獸醫，我就請他們調查盧的嘔吐物——得到了意想不到的結果。裡面除了牡丹餅，還檢查出烏頭鹼。」

「烏——什麼？」

「烏頭鹼，含在附子草裡面的毒素。」

「附子草！」

即使在毒物中，這是連小孩都知道的劇毒。

「附子草的花很漂亮，園藝店似乎也有販賣，但我們家並沒種。」

「也就是說，有人惡意餵毒——下在牡丹餅裡面。」

春野教授點頭贊同歌村的結論。

「此時我注意到不自然的地方，所以醫生雖然說要報警，我卻請他們先不要動作。」

「爲什麼呢？」

「盧沒有叫，」春野教授解釋道：「理香他們回去之後，我完全沒聽到盧的聲音。明明平常光是外面有人經過，牠就會叫個不停。」

「確實，要是有可疑人士經過，牠應該會叫才對。」福來附和：「這麼一來，就表示不是有人從外面把食物丟進來。」

「沒錯！而且雖然我差點忘記，不過我想起圍牆有裝監視器，於是立刻確認紀錄。」春野教授搖了搖頭。

「上面果然沒拍到任何可疑的人。」

「假設是外部人士丟入有毒的牡丹餅，就表示犯人準備的食物碰巧和理香小姐帶來的點心一樣。」歌村指出疑點：「以可能性來說，應該很低。」

「這就代表犯人是屋裡的某個人——我的腦中浮現理香的臉。我想起她說『爸爸只要有盧在，其他就都無所謂吧』這句話時的表情，懷疑她該不會認為只要盧不在，就能奪回父親的關愛。」

「眞是常有的事呢。」福來點頭附和。「長大後一直不回老家，結果不知不覺之間，自己的位置就被寵物取代了。我們家也是這樣。」

「福來兄家裡的情形不重要啦。」伊佐山拋出一句。「不過，這就是動機嗎？」

「我自己也難以置信，怎麼可能因爲這樣就下毒。可是她是獸醫，對動物下毒的劑量應該很清楚，突然作牡丹餅來這件事也很奇怪，讓我愈想愈覺得可疑。」

「有沒有別的可能性呢？」伊佐山用一副難以啓齒的模樣，提出意見。

「比如說，府上其他家人。」

「父親不可能，他可是最疼愛盧的人。」

「令兄如何呢？」

「大哥沒有理由這麼做。」春野教授搖頭否定。「最後，我沒說出眞正的死因，連對理香都只說是食物中毒。我不想讓父親受到打擊。」

春野教授嘆一口氣。

「即使如此，他還是相當消沉。他原本那麼疼愛盧，卻就此不再提起牠的名字，就連盧的話題都避之猶恐不及。」

連話題也避開，感覺也太過度反應。不過福來顯然深能體會：「原來如此，是反作用力啊。」

「就這樣過了一週，理香再次突然上門，說是『我來祭拜盧』。讓我嚇了一跳。」

春野教授搖了搖頭。

「我將盧埋在院子角落——我帶埋香去看之後，她只是說：『眞是遺憾。我們醫院到了這個季節，也會遇到很多食物中毒的案例。』我們接著聊上幾句，進行了類似這樣的對話：『我也想看看爸爸，他出門了嗎？』『他人在醫院』『爸爸身體狀況不好嗎？姊姊妳也瘦了，是不是沒好好吃飯？』聽到理香這麼說，我反問她：『爸爸去定期健診。倒是妳，醫院那邊沒問題嗎？』理香簡單回答我：『沒問題，今天休診。』正當氣氛變得有點尷尬，理香若無其事地低聲說：『我可以從這邊通勤去醫院喔。家裡多個人手，應該比較好吧。』」

我不禁全身一悚。

大家也都猛然倒抽一口氣。

「我當時想著：果然不出我所料。她不能原諒盧奪走父親，所以對牠下毒，希望家庭恢復成原本的模樣——我忍不住這麼回答她：『不用了，妳不在也沒問題。』『這樣啊。』我現在還記得，理香當時只回了這麼一句話。她想必很受傷吧，不過只要一想到那也是嫉妒的關係，我就什麼都說不出口了——理香不等父親回來就離開了，後來也不太常打電話回來，我們的關係就這樣疏遠至今。」

春野教授嘆了一口氣，不安地看了大家一圈。

「事情就是這樣，大家明白了什麼嗎？」

眾人沉默了一陣子。過了一會，歌村才開口。

「令妹確實令人生疑呢。假使不是她做的，那麼犯人就是令尊或令兄了。」

「我倒認為一志先生很可疑。」福來說道。「他不也和理香小姐有相同動機嗎?」

「講得真抽象,具體一點。」伊佐山要求道。

「簡單說就是,一志先生應該也有要討父親大人歡心的理由。」

我仍舊不太明瞭福來的言下之意。

「他的公司不是經營不善嗎?他回來聊天,應該是為了討父親歡心,希望父親出錢援助公司吧。好在父親也歡迎他回來聊天,不過那也只是在盧出現之前。也就是說,他失去了攏絡父親的機會,自然嫌盧礙事。」

「聽起來是有點道理,」伊佐山回應:「不過又不是說有了盧,就禁止他上門。老師,妳怎麼看?」

不出所料,春野教授搖了搖頭:「一志他沒有下毒機會。」

「為什麼?他拿牡丹餅給妳父親的時候,也是一個人獨處。如此一來,他不就能避開你們兩位的視線,把下毒的牡丹餅拿給盧嗎?把自己沒吃完的牡丹餅藏起來,下毒後再餵給在院子裡的盧,想來並不是一件難事。」

「我們家簡單來說,形狀就像凹凸的凹,只是反過來而已。」

春野教授取出記事本,畫出簡單示意圖。

「父親的房間在左邊這裡,客廳在正中間。從父親的房間到客廳,只有一條短短走廊，但這條走廊不與院子相鄰，就算想把牡丹餅丟進院子裡也辦不到。」

「那從令尊的房間丟到院子呢？房間內想必有窗戶吧。」

「有是有，不過要背著父親動手腳是不可能的。」

「那從二樓呢？」福來不死心地詢問：「房子應該有二樓吧？」

「是沒錯，不過樓梯位於玄關旁邊，和父親的房間剛好位於相反的另一端。」春野教授指著示意圖右邊。「一志是從客廳直接前往父親的房間，根本不可能上二樓。」

「嗯……那令尊呢？令尊從房間往院子裡丟有毒的牡丹餅。」

春野教授再次搖頭。「父親是否有辦法拿到附子草，這點我存疑。當時不像現在，不是人人都會用網路的時代。」

「但園藝店不是有在賣嗎？」福來死纏爛打地追問。

「附子草又不是買完盆栽就了事，」伊佐山從旁吐槽：「還得從根或莖提取有毒成分才行。問題是在家裡有沒有辦法做到這一點。」

「我不記得看過他這麼做。」

唔──福來發出苦惱的呻吟。

「而且我實在想不到動機，父親真的很疼愛盧。我記得理香還斥責過他太寵盧。」

福來一陷入沉默，歌村便迫不及待開口。

「如果當時令尊開著窗戶，正在睡覺呢？『好像沒什麼食欲』是一志先生的謊言——如此一來，一志先生也有機會犯案。他可以像伊佐山說的一樣，在自己藏起來的牡丹餅裡下烏頭鹼，丟到院子裡，所需時間不到一分鐘。」

伊佐山舉起手發問：「要是春野教授的父親沒在睡覺，要怎麼辦？」

「不怎麼辦，靜候下一個機會就好。」

原來如此，這樣有可能。然而春野教授歉疚地搖頭。

「其實我也不是完全沒懷疑過家兄，所以也考慮過剛才的想法，假裝不經意地問了父親，但他說當時自己沒在睡覺。」

「嗯——我還以爲這個想法行得通呢。」歌村嘟噥。

謎團相當棘手。眼看大家愈是探討論證，理香的嫌疑就愈深。

此外也沒其他嫌疑人，我才想到這裡，就突然靈光一閃。別的動機要說的話也不是沒有。可以說是被大家忽略的動機——

「夏川先生好像不太說話呢。」

正當我陷入沉思，春野教授湊近盯著我的臉。

突然被搭話讓我有些慌亂。歌村大概察覺到我的反應有異，從桌面探出上半身：「看來是有什麼想法呢。」

「沒什麼，只是個異想天開的想法。」

「說說看嘛。」

「沒錯沒錯，好主意向來都要靠荒唐的想法拋磚引玉，才會冒出來的。」

福來不負責任地在一旁起鬨，就連春野教授也跟著附和：「悶在心裡不太好喔。」讓我陷入非說不可的窘境。

「呃，我的想法只是創作上的妄想，或說是胡言亂語，請大家聽聽就好。」

別再吹啦，福來在一旁發出噓聲。眞希望他能安靜一點。

「其實呢，我認爲春野老師也有動機。」

「咦，」春野教授伸手按著胸口：「是說我嗎？」

「雖然這麼說很失禮——令尊似乎心臟狀況欠佳，年齡也有一定歲數，你們應該也考慮過老人看護相關的問題吧。」

春野教授一臉困惑，但依舊點了點頭：「嗯，沒錯。」

「老人看護並不輕鬆，哪怕人手再多都不夠用，所以妳才想到要找個藉口，讓理香小姐搬回家住。只要盧一不在，令尊應該又會寂寞吧。他想必會提出讓理香小姐回家住的提議。百般煩惱的妳最後犯下罪行，在大家回去後，偷偷對盧投毒。」

「太扯了，說是有矛盾都嫌太委婉。」福來翻了白眼。「如果想讓理香小姐搬回來，爲什麼又要拒絕她的提議？」

「所以說，」我支支吾吾地解釋：「這是原本的計畫。沒想到獸醫會一直追究死因，在形勢使然之下，事情就變成這樣了。如此一來，同爲獸醫的醫生和理香小姐，也許未來會有接觸。理香小姐要是回老家住，說不定會在附近遇到醫生，從醫生口中聽到盧其實是被人下毒毒死的。這麼一來，自己勢必遭到懷疑。不得已之下，只好拒絕理香小姐的提案。」

我一邊解釋，一邊覺得這個說法很牽強。

「根本不合情理。」「就這不入流的推理，也好意思當推理小說的編輯嗎？」「可以好好動腦想嗎？」

不出所料地遭到一番猛烈抨擊。

「所以我才說是異想天開的想法嘛。」

春野教授苦笑以對：「眞是抱歉，都是我多嘴詢問害的。夏川先生的想法很有趣呢，讓我心臟怦怦直跳。」

「哎，挺大膽的發想啦。」伊佐山露出評論家的表情。「不過這下束手無策了。」

歌村揚起聲音：「等一下，店長說不定想到什麼。」

大家的目光集向吧檯。果不其然，茶畑正低頭拚命擦拭餐具，試著避開大家的視線。

「你弄清楚什麼了嗎？」福來詢問。

「不，我毫無頭緒。」

一如往常地，這個店長說謊的功力實在有待加強。他明顯胸中另有想法。即使如此，他還是試圖蒙混，只是不幸地店內沒有其他客人，讓他無處可逃。茶畑在大家的圍攻之下，一臉為難地站在原地。

嗯？我感到有些異樣，因為茶畑似乎比以往更加興致缺缺。不過福來對此好像一無所覺，只見他向一頭霧水的春野教授解釋：「其實這位店長是一位名偵探。」

「快別這麼說，」茶畑說道：「不過是碰巧接連猜中幾次而已。」

「就別再謙虛啦，」歌村打斷：「店長應該有什麼想法吧。」

「這個、因為實在並非可以隨便訴之於口的內容。」

「沒關係的，不管誰是犯人，我都能接受。」

春野教授通曉情理地如此表示。茶畑面有難色地面向春野教授。

「您期望的是洗清理香小姐的嫌疑嗎？」

「是的。」

「不論得出任何結論，您都能接受嗎？」

「沒問題。」

茶畑沉思了一會，最後嘆一口氣：「請容我詢問一個問題——本次問題所在的牡丹餅，當初是由誰，又是如何分配呢？」

突如其來的問題讓我們面面相覷，春野教授偏著頭。「是我。我在廚房分到小碟子上，再拿到客廳讓大家自己取用。怎麼了嗎？」

茶畑垂下視線，沉默半晌，隨後抬起臉龐。

「理香小姐爲了奪回在家中的地位而下手行凶——我想這個想法是可以否定的。」

「眞的？」春野教授探出身子。

「是的，雖然您說因爲她是獸醫而感到可疑，但我反而認爲，正因她是獸醫，才不像是犯人。」

「爲什麼？」這次換福來從桌上探出身體。

「因爲如此一來，就無法解釋爲何要用烏頭鹼。」茶畑回答。

「站在下手的這一方來想，如果目的是取回在家中的地位，自己的所作所爲就不能被人發現。」

「那是當然。一旦被抓到，以後就沒臉見面了。」

「最好的做法是沒人察覺到自己的罪行，讓事情看起來像生病或意外。」

「沒錯。」

「既然如此，爲什麼要使用烏頭鹼呢？」茶畑說道。

「各位方才也說過，對狗而言，洋蔥及巧克力是劇毒。爲什麼不用這些來下毒呢？烏頭鹼不但容易從症狀遭人察覺，入手方式也相當有限。」

「啊。」眾人一同發出驚呼。

「洋蔥和巧克力都是家中常見的食物。即使加以留意，依舊可能不小心讓狗食用，僞裝成意外的可能性也比較高。理香小姐身爲獸醫，也曾向家人如此叮囑，我實在不認爲她會想不到這一點。」

眞是盲點。

「我怎麼沒注意到這一點呢。」春野教授也一臉錯愕。

「那到底是誰幹的？」福來提出疑問。「我們可是想遍了各種可能性。」

「恕我僭越，恐怕是前提有誤，」茶畑躊躇地說：「接下來大都屬於想像，實在難以啓齒——」

「別謙虛了，快說吧。」

在大家的催促下，茶畑面現苦色地說了下去。

「犯罪目的是爲了取回家中地位的假說，就先歸於白紙吧。如此一來，事件就會以不同的構圖呈現於眼前。如果殺害對象是狗，就不需要用到烏頭鹼這樣麻煩的毒物。也就是說，這項毒物說不定根本就不是爲盧準備的。」

「不是爲盧準備的，那又是爲了什麼目的？」

「不是給狗的話，也許是要給人用的。」

什麼？

「店長，你是說——」歌村用幾乎要從座位上站起來的氣勢喊道。

「是的，這恐怕是一起以家中成員爲目標而策畫的犯罪。原本以人爲目標下毒，卻誤入了盧的嘴裡。以這樣的情況來說，整起事件呈現的樣貌，便是與一開始各位所討論的推理小說相仿的殺人事件。」

「等一下，這不是鬧著玩的。」伊佐山反應。「這跟之前事件不能相提並論喔。」

春野教授大概也沒想到會導出這樣的結論，只見她一副茫然自失的模樣。

「毒物因爲什麼差錯而進到盧的肚子。這麼一想，使用烏頭鹼的理由就有解釋了。」茶畑再次強調。「那麼究竟是發生什麼差錯呢——我想應該是令尊太過溺愛盧而造成的意外。」

儘管茶畑如此解釋，我依舊毫無頭緒。

「請各位回想一下，以盧爲目標時的下毒途徑。首先，不可能是外部犯案。也不是一志先生。關於春野女士的父親，則是在討論之後，得出難以準備毒物的結論。」

「果然沒人辦得到。」

「然而，如果是春野女士父親的牡丹餅被下了毒呢？」

我懂了！

我終於看出茶畑試著向大家指出的事件模樣。

「你是想說烏頭鹼——下毒對象是春野老師的父親。他在不知道自己的牡丹餅被下毒的情況下，讓盧吃了牡丹餅，對吧？」

我的眼前浮現老紳士憑窗眺望院子的情景。因爲食欲不振，他便拿起被擱置在桌上的牡丹餅，丟給院子中的愛犬。愛犬搖著尾巴靠近，然後——

茶畑頷首。「根據您之前所說，您在和理香小姐閒聊時，曾經提到盧又因爲令尊而發胖了。我對此的理解是令尊經常餵盧吃多於所需的食物。」

「沒錯，每次勸他都不聽。」

「我記得一志先生說過令尊沒食欲，」福來喃喃道：「所以他才把牡丹餅給盧嗎。」

「等等，如果是這樣，爲什麼他不說出來？」歌村質疑：「他大可說出是他讓盧吃了牡丹餅。」

「我想他恐怕是感到罪惡感吧。」茶畑解釋：「在盧過世之後，他甚至不再提起盧的名字。雖說如此，連話題都刻意避開，未免反應太過劇烈了。」

的確，我也有過同樣感想。

「若是令尊與盧過世一事有關，這點就可以說明了。」

「你是說春野老師的父親明知食物有毒，還餵給盧吃嗎？」

茶畑對福來的詢問搖頭否定：「不，我想他應該是認爲自己給的牡丹餅，導致盧食物中毒。畢竟當天天氣炎熱，認爲食物在久置之後發餿，也是很自然的。他想必是在懊悔自己應該聽從大家的建言，同時害怕遭到責難，才會閉口不語吧。」

「可能性很高。」春野教授點頭，再次提起一開始說到的人物評論：「畢竟家父是一位個性怯懦的人。」

「假使他知道眞正的死因是烏頭鹼，事情大概就會有不同吧。」茶畑擔憂地向春野教授投以目光：「若是得知眞正的死因，令尊想來終究會察覺到事情有異才對。」

因爲硬是隱瞞死因，反而拉開與眞相的距離。

春野教授愕然失色。「那麼說來，理香並不是心懷惡意，才作牡丹餅來。」

「我猜她單純發自內心地想要孝順父親。」

「『爸爸只要有盧在就好了吧』這句話也是……」

「我想應該別無他意，一如字面意思的眞心話。」

她只是在陳述客觀事實，店長補上一句。理香這名人物在我心中構築出的難以捉摸氣氛，頓時煙消雲散。

「說得通，」歌村說道：「但到底是誰下的毒？」

圓桌的眾人之間閃過一絲緊張氣息。這才是最關鍵的謎團。

「我們來依序討論吧。首先要考慮理香小姐在牡丹餅中下毒的可能性。不過以這個情形來說，爲了讓父親拿到有毒的牡丹餅，她勢必得親自分配牡丹餅才行。然而實際上，是由春野女士分到小碟子中，再由大家各自取用，因此這個可能性是不存在的。那麼恕我無禮——春野女士又如何呢？」

茶畑向春野教授低頭致歉，同時繼續道。

「如果是春野女士的罪行，首先她就不會將此事作爲話題在此提起。即使不考慮這一點，她依舊缺乏下毒機會。因爲她與理香小姐一樣，無法掌控有毒牡丹餅的去向。這麼一來，人選就剩下一志先生。他趁著送牡丹餅給父親的時候——他在連接客廳與房間的走廊能夠一個人獨處，想來他就是趁那個空檔，在牡丹餅中下毒。」

「沒想到大哥……」春野教授一時說不出話。「但他的動機呢？」

答案昭然若揭——我的直覺這麼告訴我。其他人的臉上也隱隱浮現察覺的表情。果不其然，茶畑一臉難以啓齒地開口。

「他的事業當時已經陷入經營不善的狀況。我也拜讀過春野女士的散文，沒記錯的話，一志先生的公司應該就是在這個時期面臨倒閉危機。」

逃到澳門的一志——春野教授曾經說過，不知道他到底在想什麼。

「想要謀害父親，掠奪遺產啊。」伊佐山替大家說出腦中的想法。實際上，春野教授的父親既然出身豪門，又是在金融界成名的人物，資產想必可觀。

「一志向父親借了不少錢。」春野教授從喉嚨中擠出話語：「到了後來，就連父親都開始沒好臉色。」

「所以他才會孤注一擲嗎？」歌村詢問。

「這麼想的話，事情就說得通了。」茶畑點了點頭。「令尊似乎心臟抱恙——烏頭鹼中毒容易被誤認爲心臟病發作。也曾經有原以爲是心臟病發，結果查出是烏頭鹼中毒的死亡案例。」

「你是說一共三人遭到殺害的事件吧。」伊佐山回應。「直到第三名死者令人起疑爲止，在那之前的被害人似乎都被當成心臟病來處理了。讓我當時感慨，乍聽很隨便的犯罪行爲，其實不太會被拆穿呢。」

「令兄大概也打著這樣的主意吧。」歌村說道。

「不過時機不會太湊巧了嗎？」福來質疑。「一志先生要下毒行凶，理香小姐就正好帶牡丹餅過來，未免太巧了。」

「應該是反過來才對。我想正是因爲理香小姐剛好帶牡丹餅來，一志先生才決定下手。」茶畑解釋道。「他大概從之前就隨身帶著烏頭鹼，等待良機。畢竟烏頭鹼是有明顯苦味的毒物，一志先生應當是想盡可能把毒物混進味道重的食物，抑或是他遲遲無法下定決心。就在這個時間點，理香小姐來了，而且還帶著平常沒在作的點心。看在他的眼中，想必就像是個絕佳機會。萬一毒殺之事敗露，也有更容易遭到懷疑的人。」

福來低吟了一聲。

「此外，關於烏頭鹼的苦味問題，也可以用洋菜或寒天搓成顆粒狀，讓人直接吞下去。」茶畑補充：「根據查證，烏頭鹼的致死量是二毫克左右，有米粒程度的大小就足夠了。就這一點而言，和牡丹餅可說是絕配。只要塞進糯米，混在一起就好了。」

原來如此——

「說不定，令尊當年春天身體出問題，也是一志先生的手筆。也許是當時下毒的分量不足，又或者他打算測試下毒是否會遭到懷疑——現在已經無從查證了。」茶畑擺了擺頭。「我的想像力太過豐富了，這番言論是對令兄的誹謗中傷也不爲過。」

「不，這些我心裡有底。」春野教授低語：「其實在破產騷動大致平息後，一志就回國了。但他把身體弄壞，沒過多久就過世了。死前像囈語般留下的遺言是『爸爸，對不起』。」

眾人一片沉默。

「我以爲他道歉，是因爲自己像潛逃般逃去澳門。現在一想原來是這麼回事。」

伊佐山有所顧慮地出聲詢問：「請問令尊後來……」

「他幾年前過世了，安然死亡。」春野教授靜靜地搖頭。「該說是小病不斷，大病不來嗎？他在心臟出毛病後，身體就沒有任何異常。」

眾人都安心似地吐了一口氣。

「一志先生是因爲計畫失敗，所以放棄了嗎。」

聽到福來這般低語，春野教授微微點頭。

「也許吧。大哥之後便接連碰壁，最終事業失敗，沒有力氣重振旗鼓。」

「這樣啊。」

春野教授靜靜地說了下去：「父親是被盧救了呢。」

「方才的內容全然是我的想像，恕我重申，請不要把話全部當眞。」

「不，我心服口服。」春野教授的臉上露出一絲朗色：「一志的事情雖然讓我很震驚，但不可思議地，我沒什麼想責備他的心情。畢竟我很清楚他在那之後過得多苦。」她拿起茶杯，嘴角浮現一抹微小笑意。「更重要的是洗清了理香的嫌疑，實在開心。等會得打電話給她才行——」

店內終於洋溢起歡欣的氣氛。

我悄悄地爲一隻以盧·亞徹命名的柯基犬祈求冥福。

作者後記

諧音笑話有其妙用。

遲遲難以決定作品設定的時候——交給諧音笑話，把心一橫決定，有時事情便會意外順當解決。

說到本作，決定盧的犬種也是如此。

敏銳的讀者應該已經察覺。這次成爲被害者的狗，爲何是選柯基犬呢？爲何不選貴賓犬，也不選臘腸犬、吉娃娃，或約克夏呢？

提示是本系列名稱的Cozy boys一詞。

各位想來已經明瞭選擇柯基犬的理由了。原因就是（Cozy）和柯基（Corgi）的發音相近。犬種實在太多，讓我難以抉擇，最後就決定靠文字遊戲來敲定。

當然理由不只這一點。要決定犬種，還有不少條件。首先以故事需求，須是飼養在院子中的犬種。此外，如果是太過少見的犬種，會讓讀者難以想像。綜合諸如此類的條件再考量決定。不過契機確實來自柯基和舒逸相仿的發音，用這麼不嚴謹的方式來決定，眞是不好意思。

諧音笑話的地方不只這一點。爲什麼盧要叫盧這個名字呢？其實盧一開始的名字是馬羅，也就是推理小說迷無人不知的冷硬派巨匠，雷蒙．錢德勒（Raymond Chandler）筆下偵探的名字。

敏銳的讀者應該再次察覺到了。在菲利浦．馬羅系列中，有一部名爲《普德泉莊園謎案（*The Poodle Springs Story*）》的作品。也就是從狗→貴賓狗→《普德泉莊園謎案（註）》→馬羅→冷硬派偵探→盧．亞徹——這樣的聯想，才決定狗的名字是盧。簡直是九彎十八拐的諧音笑話。另外，盧．亞徹是冷硬派泰斗羅斯．麥唐諾（Ross Macdonald）所創作出來的私家偵探，自從在《動向飛靶（The Moving Target）》初次登場以來，便活躍於《威徹利家的女人（*The Wycherly Woman*）》、《寒顫（*The Chill*）》等十八部長篇與眾多短篇之中。

給我認眞點！我彷彿聽到盧的斥責聲在耳邊響起，不過本系列參考的《黑鱇夫俱樂部》，也常出現點子給人「這是冷笑話吧？」之感的作品（儘管如此，故事還是十分有趣，可說是作品的過人之處），我的諧音笑話不過是承襲前人，還請見諒。

另外，由於會揭露謎底，所以不能直接講明，不過伊佐山在作品中提到的事件，是一九八六年於日本眞實發生的事情。

註：書名的普德泉（Poodle Springs）為地名，但普得（Poodle）作為一般名詞時，為貴賓狗之意。

機器人遇難之謎

「對服部小姐來說，舒逸推理的魅力在什麼地方？」

聽到伊佐山的問題，此次來賓的服部春子開靨一笑，頷首回答：

「我想是生活感吧，主角的日常生活與偵探活動並存的部分。」

「確實，舒逸推理必定有這類描寫。」

聽到伊佐山的回答，服部深感贊同地點頭。她往紅茶中加入砂糖，一邊攪拌一邊說道：「特別是有小孩之後，讀到照顧小孩的描寫就覺得有趣，有時還會感同身受。」

一月的朗朗晴日，在飄過縷縷雲絮的藍天下，我們有貴客蒞臨，於咖啡店「漫步」舉行「Cozy Boys的聚會」。

「Cozy Boys的聚會」是由聚會主召兼同好雜誌《COZY》主編的歌村由佳理、作家福來晶一、評論家兼舊書店店主的伊佐山春嶽，以及一介編輯的敝人夏川司等四人，為了談論探討推理小說而舉辦的聚會。聚會規則有二：盡情說作品壞話，只是不可說人的壞話。儘管後者的規約幾乎沒人遵守。

在歌村的介紹下，服部春子成為本月聚會的嘉賓。

服部在東京都內的書店工作，是歌村主導的《COZY》雜誌的老讀者。她們在雜誌的線下聚會聊天，提及我們活動的時候，服部表示「好像很有趣」，展現出興趣，歌村便邀請她來參加。她是一位適合紅色膠框眼鏡，身材苗條的女性。和丈夫健次郎、即將十歲的長男文彥，以及長女詩織——剛滿四歲——住在武藏野市的公寓。今日似乎是由健次郎看顧小孩。

據說對咖啡店也抱持熱情的服部，對店長茶畑所泡的紅茶大表讚賞，還評論天花板的燈具多麼有情調，並稱讚茶畑穿著西裝背心的正裝模樣，說此處簡直是爲了成爲推理小說舞台而存在的場所。

謙辭一番的茶畑返回吧檯，服部把臉湊向歌村低語：眞是帥氣的店長，雖然年紀有點大，不過要是在推理故事登場，八成是當名偵探吧。歌村大概是考量現在沒必要提起茶畑至今爲止的活躍表現，所以什麼也沒說，不過倒是悄悄朝我們使了眼色示意——這位服部小姐，直覺眞是敏銳呢。

「主角爲了家事忙得不可開交，也是一種故事類型。」伊佐山說道：「要說經典的大概就是吉兒．邱吉爾，或是萊斯里．梅爾，最近的話，應該就是凱倫．麥克納尼吧。」

「說起家庭描寫的話，塞耶斯的〈塔爾博伊斯逸事〉也不錯。」福來啃著配茶的餅乾，也加入話題。這個人只要看到伊佐山說話就會想插嘴。「可以說是名偵探的家庭推理故事，兒童的描寫相當不錯。」

「感覺眞有趣，我會找機會讀看看。」服部興味盎然地回答，卻突然嘆了一口氣。

「請問，有什麼問題嗎？」福來詫異地詢問。怎麼了嗎？連我也忍不住疑惑。福來插入話題的方式是有點不客氣，但沒明顯偏離主題，應該不至於失禮。

「啊，不好意思。」服部低頭致歉。「只是我想起來，我家也有事件發生。」

「怎麼啦？聽起來不太平靜啊。」歌村皺起眉頭。因爲是老相識，歌村對她說話時，語氣顯得比較不拘禮。

「不是什麼大事。」服部慌忙解釋；「我們家的小孩把玩具弄壞了而已。」

「什麼啊。」歌村鬆了一口氣。「不是遇到了麻煩嘛。」

「是沒錯，」服部的回答有些不肯定。她垂下視線，盯著桌子一會，忽然抬起頭環視我們一圈。「男孩子把自己當成寶物的機器人拆得亂七八糟——各位覺得是什麼緣故？」

我們面面相覷。

「挨罵後，心情煩躁的時候吧。」伊佐山撫摸長長的下巴。

「不然就是玩膩了。」福來插嘴。「不過如果眞的是很重要的玩具，應該不會拿來出氣吧——」

「果然如此。」服部面色一暗。

歌村詢問。

「妳說男孩子，是指文彥嗎？」

「是呀，他突然拆了一直當寶貝的機器人。那是卡通《廢棄製造家》的機器人。」

「《廢造》呀，」福來作出反應：「這麼說，是『盒玩』系列吧。」

「那是什麼呀？」歌村提出疑問：「ㄈㄟˋ ㄗㄠˋ？ㄏㄜˊ ㄨㄢˊ？」

「『盒玩』指的是將古今中外的機器人卡通作成塑膠模型的一系列模型。」福來說明。「《廢造》則是《廢棄製造家》的簡稱——妳沒聽過嗎？」

我知道這部卡通。這是一部以荒廢的未來日本爲舞台，描寫被拆散的兄弟搭上人型機器人，與彼此戰鬥的機器人卡通。作品的主旨在於追求破壞的哥哥和努力復興的弟弟，兩人之間的對立與矛盾。身爲主角的弟弟的經典台詞是「約定好了」。雖然不及《鋼彈》、《新世紀福音戰士》等超重量級作品，不過自從去年首次播放以來，不只小孩，就連在大人中也頗有人氣，目前正在播放第二期——我知道的就是以上知識。

福來滔滔地講解：「『盒玩』可是很不錯的喔。不但便宜，關節可動性也很高。容易壞掉算是美中不足之處啦——要是我小時候就有，一定是當成寶吧。」

「福來兄可眞是口若懸河。」伊佐山苦笑。「沒想到你在這方面也是個狂熱分子。」

「畢竟玩具本身很棒，動畫也很優秀，故事情節值得細細品嘗——先不說這個。」福來連珠炮地說完，轉向服部：「把機器人拆得亂七八糟，聽上去實在不怎麼和平。令郎爲什麼這麼做，妳沒頭緒嗎？」

服部點了點頭。

「拆得亂七八糟，是拆得多誇張啊？」歌村提出疑問。

服部從包包中取出手機，放到桌上。「我有點在意，就趁健次郎試著修理的時候，拍了照片。」

我們像烏龜一樣拉長脖子，探頭圍觀服部的手機。

首頁畫面是看起來像家庭照的合照。中間是服部，圍繞在她身邊的則是一名男孩和一名女孩，以及一位結實的男性。男性應該就是健次郎，男孩是文彥，和服部牽著手的女孩就是小詩織吧。戴著大大眼鏡的文彥看起來很聰明伶俐，但臉上表情有些緊繃，隱約給人神經質的印象。在我們探頭圍觀的同時，服部的手指在螢幕上躍動，畫面上彈出照片資料夾中的圖片。

「啊，眞慘。」福來不禁提高聲音。

畫面中一如預期，映出放在木頭桌上顏色亮眼的機器人——是主角的洛克大師一號機——只見機器人一副殘破的模樣，頭和左腳都分家了。

大概是健次郎的手也同樣出現在畫面中。以手作爲比例尺的話，機器人的尺寸大約二十公分，是苗條且手腳修長的人型機器人，身上被分別塗成紅、藍、黃三色的裝甲。從造型來看，或許是以中世紀歐洲的鎧甲爲概念設計。機器人的背上有好幾根管狀加速器，手上握著幾乎與身高同高的刀子。只見原本在額頭上的角也被折斷了。原來如此，確實被拆得亂七八糟。

「現在的組裝模型眞是多采多姿呀。」伊佐山佩服地感嘆。「以前顏色沒這麼繽紛。」

「技術進步了嘛。」福來回應。「順帶一提，嚴格來說，這個並不叫組裝模型，因爲這個一開始就是組裝完成的狀態。依慣例而言，組裝模型指以前那種需要自行組裝的類型。『盒玩』從一出廠就是組裝好的狀態，這種的就不叫組裝模型。這樣的話，要叫什麼才對呢？說起來算是可動模型吧。雖然不需要自行組裝很輕鬆，不過只要零件一壞掉，就沒辦法像組裝模型一樣更換零件，算是可動模型的缺點。組裝模型的話，眞的有迫切需求的情況，可是能向廠商訂購零件喔。」

滔滔不絕的福來讓伊佐山聳了聳肩。

「福來兄，你不寫小說，就靠玩具評論也能吃飯吧。」

「剛才說的都在常識範圍喔。」

歌村詢問服部：「妳問過文彥，爲什麼要拆開機器人嗎？」

「他說是玩的時候掉到地上了。可是健次郎說，光是摔到地上，不會讓頭和腳一起斷掉。除非是連摔好幾次，或是刻意拔掉，不然不會變成這樣。」服部回答。「但是我們都想不通他這麼做的理由。」

畫面中的洛克大師一號機默然無語。

「這是文彥自己買的嗎？」

「不是，是健次郎買給他的。去年卡通剛開播，文彥吵著要買，於是健次郎就說只要和爸爸約好，當個上課認真聽課的好孩子，就會買給他。」

「原來如此。」

「這種用東西來利誘小孩的做法，我一直覺得對教育不好。關於這一點，我也經常和健次郎吵架——不過文彥的確認眞用功，就連老師也稱讚了他，讓我挺開心的。」

「文彥也得到新玩具，應該很開心吧。」歌村這麼說，只見服部眼鏡後的雙眼，也帶著笑意眯起來。「嗯，畢竟是第一次買這類玩具給他。收到玩具的時候，他開心極了，忙不迭地把玩具擺在小孩房間書架上最明顯的位置。」

「畢竟是他的寶物嘛。」

「眞的，他還不肯讓其他人碰。詩織一想摸，他就吹鬍子瞪眼睛。他這個有點神經質的個性，眞不知道是像誰。」

服部露出苦笑。

「那他應該並不是對玩具感到厭煩囉？」

「嗯，他常常一邊看卡通，一邊把玩機器人。」服部頷首回答。「收錄《廢造》特輯的雜誌，或是有附機器人玩具的點心——是叫食玩來著？他也都想要。」

別說熱情冷卻，反而還增溫了。歌村再次提問。

「關於這件事，健次郎有說什麼嗎？」

「他只說這個年紀的小孩情緒不安定，發生這種事也不怪。不過我就是莫名在意。」

「原來如此啊。」歌村盤起雙臂，欲言又止地朝我們瞟了一眼。

我們馬上明白她想說的話。歌村這是在問我們要不要一起來解這個謎團。我們無言地點了點頭。這就是所謂的默契，一切盡在不言中。

歌村轉向服部，開口說道。

「雖然可能有點多管閒事，不過妳要是在意的話，要不要試著推理解開謎團呢？其實我們這群人，還滿擅長解這類問題喔。」

「咦！」服部聞言吃了一驚，這也難怪。只見她環視眾人一圈。

「但是——這種事情，應該很難用推理解開吧。」

「不試試看可不知道喔。」歌村朝吧檯瞥了一眼。

「說不定出乎意料地，會有人跳出來發表名推理喔。」

「不過小孩子腦袋在想什麼，有辦法知道嗎？」

服部依舊一副半信半疑，但她大概也不好意思推卻歌村的盛情。「——那就麻煩了。」她說道，於是事情就這麼決定了。「那能麻煩妳把事情從頭說一遍嗎？」

就這樣，這個聚會今天也投向解謎的懷抱。

「那一天是距離現在剛好一週的星期日。」服部用細膩的口吻娓娓道來。「那一天的上午我有班，我把小孩交給健次郎後就出門了。當時詩織一起床就開始吵鬧，我還要換衣服、化妝——從早上就開始手忙腳亂。」

「眞是辛苦啊。」歌村點了點頭。

眞的很辛苦。我的姊姊和姊夫也有一個三歲男孩，因爲要應付小孩這種行爲總是出人意表的存在，他們的臉上總是刻著「疲累」和「緊張」四個字——令人對世上的所有父母充滿敬意。

「當時文彥還沒有什麼不尋常的樣子嗎？」歌村詢問。

「嗯，他一如往常，從早就在看《廢造》。他一起床就說：『爸爸，我昨天晚上就已經把明天的預習讀完了，你要遵守約定，讓我看電視喔。』然後把健次郎趕出客廳。」

「他眞的很喜歡《廢造》呢。」

「就是說啊。我出門的時候，他連句路上小心都沒說，有夠無情。總之我交代不要受傷，要大家好好看家之後就出門了。光在這個時間點，我就覺得剛打完一仗了。」

「辛苦妳啦。」歌村勸慰服部。

「結束輪班，出了車站，已經過三點了。」說到這裡，服部的眼中亮起怒火。她看了眾人一圈。「你們評評理，我目睹的景象簡直叫人難以置信。我打算買晚餐食材，去了超市，沒想到應該在家裡的健次郎，竟然一個人提著購物籃，站在點心區前。」

「咦，他沒帶著小孩一起嗎？」歌村問。

「沒錯，我吃驚地逼問他，結果他說——家裡冰箱空空如也，所以他決定來買食材。他把詩織交給文彥照顧了，因爲詩織在客廳睡午覺，他不忍心把她叫起來。」

「哦，原來是這個緣故。」

「不過他手上提裝著香菸的超商塑膠袋，購物籃裡也堆著啤酒，怎麼看都是打著買東西消磨時間的主意。」

「確實都是一些嗜好品呢。」

「我問他出門多久了，他說比他預計還要久，大概是一小時又多一點。這麼長一段時間，竟然放著小孩自己在家，眞是不知道他在想什麼。沒想到他竟然自信滿滿地說：『沒問題，我跟文彥約好了。我叫他視線不可以離開詩織，沒問題的。』還說文彥也答應了。健次郎小時候家裡似乎是放任主義，所以他從小學生的時候，就常常獨自一人看家。對這方面的感覺跟我不太一樣。」

服部搖了搖頭。

「但根本不是這個問題吧。我這麼一說之後，他就讓我看了LINE通話，說他三不五時確認狀況。LINE上面確實在三十分鐘前，有著『還會花一點時間，交給你沒問題吧？』、『嗯，麻煩了。』這樣的對話，不過小孩子就是一不注意，就不知道會做出什麼事——總之我決定先回家，晚點再發火。」

服部再次嘆了一口氣。

「回家說『我到家了』後，起床的詩織便充滿活力地來門口迎接。我鬆了一口氣，決定先把買的東西放到廚房，晚點再對健次郎說教，結果發現有黃色的物體落在小孩子的房間前。大約指尖大小，像是迴力鏢形狀的——過了一會我才發現到，那好像是機器人的角。」

慘遭破壞的洛克大師一號機終於登場了。我們不禁探出身體。

「此時文彥剛好走出房間，我就拿起東西給他看：『這個掉在地上了。』文彥不知為何一臉慌張地說：『啊，原來在這裡。我在客廳玩的時候掉在地上，把機器人弄壞了。』健次郎剛好過來，就插嘴說：『爸爸幫你修好吧。』文彥卻推辭說：『咦，爸爸要修？不、不用了啦。』健次郎說交給他，文彥就莫名不情願地回房間，打開抽屜。我們跟在他後面，就看到抽屜裡，機器人支離破碎的慘狀。我沒想到機器人的狀況慘到這種程度，健次郎也嚇了一跳——」

服部停下話頭。

「那天晚上，健次郎奮戰到深夜，搞得滿手黏著劑，最後露出奇怪的表情，說出『這個看起來是刻意弄壞的』，讓我大吃一驚。『只是掉到地上的話，頭和腳不會一起折斷——除非是抓著手腳亂揮。』聽他這麼說，我整個人怕了起來，因爲我實在想不到文彥這麼做的理由。雖然健次郎說：『男孩子就是會精力過剩，只是這樣而已。』」

服部發出這一天最盛大的嘆氣聲。

「爲什麼文彥要自己破壞掉當成寶貝的機器人呢？」

圓桌陷入沉默。福來發出呻吟，伊佐山則是在胸前交握手指，抬頭望向天花板。

機器人爲何遭到破壞——這是和我們至今爲止挑戰的事件，風味有所不同的謎團。文彥爲什麼要破壞自己視如寶物的洛克大師一號機呢？

「眞是奇妙。」歌村說道。

「對吧？果然很不可思議吧。」服部猛然點頭。「光是這樣說給大家聽，心情就輕鬆不少了，謝謝。」

原來如此，服部雖然並無請我們推理的打算，但還是有想和人商量的心情。既然如此，我們更應該回應她的期待，解開事件眞相。

歌村詢問：「說起來，機器人最後修好了嗎？」

「不行。關節的軸被折斷了，就算用黏著劑也黏不回去。」

「最後還是不行啊。」

「嗯，因爲這樣，文彥這一陣子都悶悶不樂。」服部回答。「不過如果是自己刻意弄壞的，還會因此沮喪也很奇怪。愈來愈搞不懂他在想什麼。」

「嗯——」歌村沉吟一陣。「說不定眞的像健次郎所說，是精力過剩、情緒不安定的年紀。」

「如果只是一時歇斯底里，也就算了。」服部再次嘆氣。「現在這個時代，不是就連小孩，也都可能會感受到很多壓力嗎？文彥說起來也是屬於內向的類型，我只希望他不是因爲遇到什麼難受的事情，把怨氣發洩在機器人身上。」

「所以妳是在擔心，這件事背後是不是有什麼心理層面的問題？」

服部一臉憂心忡忡地頷首回應歌村的問題。

原來如此，偶爾會聽到小孩會將壓力發洩在比自己更小的存在——例如動物。我陷入沉吟。霸凌、考試壓力、校園階級制度——小孩子的世界充滿苦難，不乏致鬱的因素。

「詩織會不會知道些什麼？」歌村出聲詢問。

「妳是說是詩織弄壞的？」服部吃驚地反問。「那孩子現在確實是愛惡作劇的年紀，不過假使眞是這樣，文彥也會說是詩織弄壞的才對。」

「也對喔。」

「而且這個機器人是放在書架上比較高的位置，詩織根本搆不到。」服部露出悚然一顫的表情。「站在椅子上踮起腳就搆得到，不過我眞不想想像那麼恐怖的畫面。」

「就算詩織不是犯人，也許她目擊到文彥破壞機器人的經過。」

「我姑且問過她，哥哥是不是發生什麼事？」服部搖了搖頭。「但她只是猛搖頭說『詩織不知道』。」

「妹妹也沒頭緒的話，」福來突然瞪大黑框眼鏡後方的眼睛：「答案也許意外的單純喔。小孩子有時候會爲了吸引周圍目光，而採取極端的行動。說不定他是爲了吸引兩位的注意力，才弄壞機器人。」

服部吃驚地說道：「你是說他是想吸引我們的注意力嗎？」

「沒錯，詩織出生後，他或許覺得父母對自己的關心不如從前。他對此不滿，選擇用這種接近自傷的方式來吸引注意力。」

「是嗎？」伊佐山歪了歪頭，提出反論：「要是他眞的對此不滿，就不是挑現在，而是詩織剛出生沒多久的時候才對吧？」

「唔。」福來被反駁得說不出話。

「就算他有這類不滿，也很難想像他會一下子就下手破壞自己的寶物。事先應該會有其他徵兆。」

「就我所知，沒有這類情形。」服部回答。

福來陷入沉默。

歌村開口切入對話：「早上沒有異狀，也就是說，解開謎團的關鍵是在那之後的事情。妳去上班後，某件事成爲導火線。」

「某件事會是什麼事？」我問。

「健次郎不在的時候，文彥可能和詩織吵架了。他情緒不佳，發洩在機器人身上。」歌村解釋：「但等文彥回過神，他就開始傷腦筋了。畢竟就算老實交代理由，也不是爸媽聽了會高興的事情。他無可奈何，只好撒謊說是弄到地上了。」

「不過要是吵架了，在服部小姐問哥哥怎麼了的時候，詩織應該會直接說吧。」

「嗯——說得也對。」

「啊，星期六是《廢造》的播放日。」伊佐山看著手機說道。「也許原因出在這裡。譬如說，出現讓人一口氣討厭起這個機器人的劇情。」

「就算討厭，會討厭到讓人忍不住出手破壞嗎？」福來質疑。「是要看到怎麼樣的劇情，才會讓人變成這樣啊？」

「這個機器人卑鄙地背叛了大家之類。」伊佐山回答：「卑鄙到讓粉絲們的熱情一口氣冷卻。」

「不，沒那回事。」

「你怎麼知道？」

「因爲我也看了那一天的卡通。」福來乾脆俐落地回答。「洛克大師可是威風凜凜，大爲活躍。」

「啊——」伊佐山啞口無言。

「不過卡通或許是個不錯的切入點。」歌村評論。「會不會是劇情中出現這台機體被拆得四分五裂的畫面？文彥也許想重現劇情。」

「會因爲這樣就弄壞玩具嗎？」福來歪頭懷疑。

「不是有所謂的情景模型嗎？戰車模型的話，就是重現在戰場上被炸飛的場景；戰艦模型的話，就是重現沉沒的場面。文彥可能也是以這種感覺，想要重現卡通的名場面。」

「成年狂熱粉絲也許會這麼做，不過十歲的小孩會突然對這種玩法感興趣嗎？」福來搖了搖頭。「不管怎麼說，劇情中也沒有這樣的橋段。」

「啊，這樣啊。」

這個想法也被打了回票。

「也許重點是被交代看家這件事。」這次換福來提出假說。「明明是大家要一起看家，爸爸卻把責任塞到自己頭上，跑去買東西。文彥就把這份怒火發洩在機器人身上。」

「太跳躍了。爲什麼機器人會成爲發怒的對象？」伊佐山發出疑問。

「機器人象徵著買機器人給自己的父親。」

「應該還有其他更簡單明確的象徵吧？公事包、鞋子，或高爾夫球桿之類的。」

「我們家不打高爾夫的。」服部補充。

「只是打個比方，只要是健次郎的東西都行。」

「我明白了、我明白了，就當我剛剛沒說過——唔，眞希望再多點提示。」福來嘟噥後，出聲詢問服部：「其他還有什麼不尋常的事情嗎？」

「不尋常的事情嗎？」服部困惑地複述。

「是的，不管什麼事情都好，即使多微不足道也行。」

問得這麼籠統，怎麼想都讓人很難回答。服部認眞思索一陣子，雙手拍了一下。

「這麼一說，我很喜歡《妙殿下》，在自己的房間也放了一整套漫畫——那天晚上，我不經意看過去，發現有幾本比其他本凸出來一點。健次郎說他不知情，那就只可能是文彥偷偷拿出來讀了。」

眾人面面相覷。

「《妙殿下》呀，那部作品確實很有趣。」福來回應。「不過說是偷讀的話，意思是說文彥現在還不准讀《妙殿下》嗎？」

「也不是說嚴格禁止，只是覺得對小孩子來說還太早了。畢竟那個——《妙殿下》不是有不少性描寫嗎？」服部有點尷尬地解釋：「我跟他說，等他上國中再讀。」

「不過這會和事件有關係嗎？」明明是自己說要問，福來卻輕易做出背刺發言。「就算讀了《妙殿下》，內容應該也不會讓人想要破壞玩具啊。」

《妙殿下》嗎？我盤起雙臂。十歲的少年會想趁父母不在的時候，偷讀被禁的漫畫，確實一點也不奇怪。這件事果然就如同福來所說，應該沒什麼關連吧。

「如果是以前的推理小說，就會是壞掉的老舊娃娃裡面，其實藏有寶物或是暗號。」福來不學乖地再次提出新假說。「現在的話，應該就是毒品或是竊聽器之類的吧。」

服部一臉驚愕地看著福來。

「你的意思是爲了拿出東西嗎？」歌村回應。「那麼是誰把東西藏在那裡？文彥又爲什麼會知情？」

「對不起，我沒仔細想過，隨口說說的。請忘掉我剛才的想法。」

眾人雖然提出了各種假說，但都不太順遂。

到目前爲止，四人中，還沒提出想法的就只剩我了。哎，又是這個模式——我隱約感受到眾人朝我投來的視線。

尷尬的我端起杯子送到口邊，一邊思索。我必須要貼近文彥的心理才行。

他應該是因爲某種理由，累積了一定程度的怨憤，最終累積到難以壓抑破壞衝動的程度。《廢棄製造家》——對於這部以廢棄與製造這兩個詞來命名的卡通，文彥究竟抱持著怎麼樣的情感呢？

廢棄和製造——我突然靈光一閃。

「對了，破壞之後，再創造，是這麼回事嗎？」

腦中的思緒脫口而出，讓歌村立刻看了過來。「你有什麼想法了嗎？」

我點了點頭，轉向福來詢問：「這個玩具沒法交換零件，對吧？」

「嗯，如同我先前所說，這是從出廠時就已經組裝好了。」福來頷首回答。「如果是要自己組裝的組裝模型，無論如何都想要更換零件的時候，就可以向廠商下訂。」

「也就是說，這個機器人無法更換損傷的零件，如果無法忍受，就必須重買一個新的機器人。」我點了點頭，切入正題。「假使文彥的行爲，就是以此爲目的呢？他爲了再買一個新的機器人，所以刻意把機器人弄壞。」

席間一陣騷動。「說明得清楚一點。」福來探出身子要求。

「這只是假設喔，請大家想像一下只有頭上的角壞掉的情況。假使福來是父母，你會重買新的給小孩嗎？」

「大概不會吧，」福來回答：「頂多拿個黏著劑修一修。」

「我們家也是，」服部也頷首回答：「健次郎應該也會認爲這種程度的修理，自己來就好了。」

「如果很多地方都壞了呢？」

「很難說，」服部苦惱回答：「如果小孩太沮喪，健次郎可能就會說要買新的。」

「對吧？我猜這應該就是文彥的目的。」我解釋道：「其實弄掉的時候，壞掉的地方只有角的部分而已。不過光是這樣的話，就沒辦法讓你們重買新的機器人。偏偏文彥又無法接受有瑕疵的機體。」

從至今爲止的描述來看，文彥是一個連家人都不能碰自己寶貝，有一點神經質的少年。這種類型的小孩，要是寶物損傷，可能就會無法忍受。

「如果是以前的組裝模型，也許還能要求更換零件。不過一如福來的說明，這個機器人無法這麼做。因此文彥才心生一計，刻意讓機器人壞得更嚴重——採取把頭和腳折斷的作戰。他期待健次郎看到嚴重損壞的洛克大師，會說出『這個不買新的不行了』——讓角掉在走廊上，說不定也是爲了讓人注意到機器人的破損而採取的作戰。畢竟由自己說出『機器人壞掉了』，感覺就會像是求人買新的一樣。」

自己親手廢棄，藉以得到新的，正可謂廢棄和製造。

眾人都露出目瞪口呆的表情。

「你的推理也眞是挺壞心眼的。」福來半是傻眼地表示。

「不過——我們沒給他買新的。」服部說道：「他也沒央求我們買新的。」

「他大概是接下來才要說吧。」我辯解道：「文彥可能打算看情況，再若無其事地提出請求。現在還在觀察時機。」

現場陷入一陣沉默。我環顧眾人，有人感到認同，也有人半信半疑。

不久後，歌村歪著頭打破沉默。

「姑且是說得通，但風險感覺太大了。」

「會嗎？」

「因爲事情照計畫進行的話，是沒什麼問題，但萬一行不通就沒救了。實際上也沒人說要買新的，這個想法還是有點不合乎現實吧。」

「唔。」被戳到痛處的我，還來不及想到怎麼反駁，結果連福來也倒向反對派。

「我也覺得說不通喔。照摔壞機器人的劇本演的話，只要折斷頭或腳其中一個就好，再更進一步就會太誇張，讓人覺得光是摔到地上不會變成這樣，平白惹人懷疑。實際上，健次郎就感到奇怪。」

「他可能覺得光只有一邊，損壞的嚴重程度會顯得不足。」

「就算是這樣，折斷頭又折斷腳，實在太不自然。一般來想，應該是頭和手吧。」

「呃。」

「頭和腳之間的距離太遠。如同健次郎所說，兩邊掉下去一起折斷，實在是不太可能。要是頭和手，還有同時撞到地板的可能性，所以要照掉到地上摔壞的劇本來演的話，應該也是選手臂吧。我想不到特地選腳的理由。」

「唔——」又是難以反駁的觀點。

「還有啊，文彥眞的知道『盒玩』和一般組裝模型不一樣，不能單獨購買零件嗎？」福來追擊似地提出疑問。「我不認爲十歲的小孩會知道這些差異。如果是從之前就狂熱收藏這系列的小孩，也許還有可能——但這應該是你們第一次買這類玩具給他吧？」

後半是對服部提出的問題。「是的，以前到現在就只有這次。」她頷首回答。

我提問：「就算文彥不知道不能更換零件，會有什麼差別嗎？」

「首先，他應該就不會訂定那麼複雜的計畫。一般來說，應該都會先向父母哭訴零件壞了，想換零件。不，如果是第一次接觸這類玩具，說不定他根本不會有更換零件這個想法。這麼一來，這個說法就更不可能了。」

我難以反駁，於是就連伊佐山都發話了：「這次是福來兄比較有道理。」伊佐山站到反對派之後，服部也點頭同意：「剛才的說法是有點勉強。」——我只能乖乖認輸。

一片沉默再次籠罩在圓桌上。

這下子一籌莫展了。大家都無言地端起杯子送到嘴邊。

文彥爲什麼要弄壞機器人呢？難道眞的有什麼大人難以推敲的心思嗎——

「小孩子在想什麼，果然還是很難搞懂呢。」服部一臉放棄地說道：「說起來這是我們家的問題，我會和健次郎再談一次。」

「等一下，再聽聽一個人的說法。聽完之後，再放棄也不遲。」歌村轉頭向吧檯出聲：「店長，能夠拜託你嗎？」

服部吃驚地看向歌村。

「這裡的店長是位名偵探，妳早先的猜測正中紅心。」

歌村不管瞪大眼睛的服部，再次出聲喊吧檯後的茶畑。

「能請你過來，讓我們聽聽你的意見嗎？」

茶畑一臉不知如何是好地轉向我們，詢問歌村：「我能說說我的想法嗎？」

「當然沒問題，事情你應該都聽到了吧。」

「是的，在一旁聽各位談話，萬分不好意思。」茶畑低頭致歉。「我的確有一個推論，大多屬於我個人的想像。」

「那也沒關係，我很樂意聽聽看。」服部探出身子回應。

「然而全憑臆測的話，實在有欠謹慎。」

「哪裡的話，被吊著胃口的狀態才更叫人難受。」

不由得敗在眾人壓力下的茶畑，嘆了口氣後開口：

「那麼接下來的話，請各位抱著半信半疑的心態聽聽就好——在這之前，能容我問一個問題嗎？」

「好的，請問。」

「您說文彥可能讀過《妙殿下》，請問您還記得被取出的漫畫，是到第幾集前呢？」

這個出人意表的問題讓我們都一臉錯愕。

服部也帶著一頭霧水的表情回答：

「是最初的三集。只有那三本比其他幾本要來得凸出——這樣有幫助嗎？」

「是的，非常有幫助。」茶畑頷首回應。

「眞是在意呀。」福來出聲說道。「畢竟那可是《妙殿下》喔。雖然是一部奇想天外，任何事情都可能的漫畫，但我實在不覺得其中內容會讓人引起破壞東西的衝動。」

「我也很喜歡那部作品。」茶畑回道：「讀的時候往往令人過於投入，忘卻時間，可說是這部作品的美中不足之處。我在家中泡茶的時候，還曾經不小心讀了起來，讓茶葉浸泡太久。」

「茶畑先生也會讀《妙殿下》，眞是意外。」歌村說出感想。「不過我還是搞不懂，《妙殿下》和事件有什麼關係。」

「由於《妙殿下》實在太有趣，有趣到讓人忘卻時間——個人以爲這就是本次事件的核心所在。」

茶畑再次拋出宛如謎題的一句話，轉頭朝向服部。

「以結論而言，破壞機器人的人，我想應該是詩織。」茶畑簡單明確地說道。「文彥只是替她頂罪。」

福來皺起眉頭。「這個可能性剛剛被否決了吧？」

「如果想不出文彥破壞玩具的理由，那麼最簡單的解釋，就是家中另一人才是下手的人。」茶畑淡然回答。「憑想像依序追溯經過，詩織在客廳睡午覺的時候，文彥大概是在服部小姐的房間。不久，詩織醒了過來，走到兒童房，看向放在書架上的機器人。平常哥哥總是不許自己觸碰機器人，所以詩織便把握良機，趁哥哥不注意而拿到機器人。然而她在擺玩、甩動機器人的時候，不小心用力過大，折斷了機器人的頭和腳。頭上的角也是在這個時候折斷，彈到了走廊上。」

「你是說她並不是懷著惡意弄壞的。」歌村點了點頭。「以那個年齡的行爲模式來說，確實可能——不過光憑四歲小孩的力氣揮來揮去，就能讓機器人掉頭掉腳嗎？」

「如果是出自一時的意外，也並非不可能。」茶畑解釋：「例如說，她可能是在抓著腳揮動的時候，不小心把腳拔了下來。她慌張地想要修理，於是抓著機器人，硬是想把腳塞回去。結果因爲施力問題，反而把手中抓著的頭也掰了下來——類似這樣就可能做到。」

「很有可能喔。」福來大點其頭。「畢竟關節向來是『盒玩』的致命弱點。去看狂熱粉絲的社交媒體的話，每當有地震發生，就會經常看到架上的模型摔斷頭之類的貼文。雖然還不至於脆弱到頭和腳一起斷掉，不過如果是照店長所說的經過，就十分有可能。」

「小福來這麼說的話，應該就錯不了了。」歌村接受了這番解釋，但隨後又歪了歪頭。「不過，雖然我這麼問有點煩人，但文彥並沒有替詩織頂罪的理由。」

「眞是如此嗎？」茶畑搖頭後，開口對服部道。「我對文彥和健次郎的對話有些在意。」

「你說對話，是指LINE上面的通話嗎？」

「是的，健次郎先生從外面詢問『還會花一點時間，交給你沒問題吧？』，文彥則是回答『嗯，麻煩了。』」

「沒錯。」

「聽的時候，我幾乎錯過這一段。我認爲兩人的對話值得再加以深究。」茶畑說道。

「此時應該是健次郎先生拜託文彥，要求他視線不要從詩織身上移開，好好看家。文彥則是受到囑託的那一方。那麼這邊的『麻煩了』，又是怎麼一回事呢？這句話很明顯，應該是有求於人的那一方台詞吧。」

「啊。」

眾人一同揚起聲音。確實如此——

「『交給我』還能理解。另外，如果是成年人，也有人會機械式地向工作對象回覆『萬事有勞』，然而出自小孩之口，委實令人感到不自然。文彥究竟拜託健次郎先生什麼呢？」茶畑向服部詢問：「說起來，健次郎先生似乎很喜歡和令郎定下約定。」

服部露出一頭霧水的表情。

「例如，他以改善學習態度爲條件，給了文彥這個機器人。用頻道的決定權作爲預習獎勵的行爲也是如此。兩人之間，不時可見遵守約定，就會給予報酬的行爲模式。」

「是的，確實有這樣的傾向。」服部點了點頭。「不過那又怎麼了嗎？」

「交代文彥照看詩織，健次郎先生就出了門。」茶畑解釋：「這個時候，他是否也可能與文彥約好，會以某種報酬作爲回報呢？具體來說，約定的內容可能是只要視線一直不離開妹妹，乖乖看家，就會給予獎勵。」

「啊！」服部恍然驚覺似地張口。

「我記得您結束輪班，回來繞去超市時，當時健次郎先生站在點心區前。依您之前所說，文彥對於點心附贈的機器人玩具——也就是所謂的食玩，似乎相當著迷。也許健次郎先生和他約好，會買食玩給他，作爲看家報酬。『只要好好看家就買給你』，健次郎先生這麼說便出了門，文彥那一句『麻煩了』，是保險起見的提醒。如此，事情就說得通了。」

「那、傢、伙——」服部發出飽含怒火的聲音。「非常有可能！每次叫他不要用利誘的方式，他老是不肯改。」

「以健次郎先生而言，他應該不希望此次約定被服部小姐知曉。畢竟以前兩位便針對以物利誘的是非對錯，有著對立意見。他抱著不想點燃戰火的想法，便對此事緘默不語。」茶畑有些歉疚地補上一句：「萬分抱歉，對健次郎先生，語中多有得罪。」

「哪裡的話，店長的推論很有道理。健次郎就是這種地方欠缺思慮。」

「等一下，我跟不上你們。」福來舉起手。「就算有約定，和機器人又有什麼關係？」

「文彥是和健次郎先生約好，以視線不離開詩織爲條件，讓健次郎先生買食玩給自己。儘管如此，文彥的視線卻長時間都不在詩織身上，這種情況又當如何呢？假設詩織還是在這段期間，弄壞了機器人。」

茶畑緩緩看了我們一圈。

「以這個假設爲前提，我們來站在文彥的立場想想看吧。如果說出是詩織弄壞機器人，就等於是在說自己違背約定——表明了連破壞機器人的行徑都未能察覺地長期脫離觀察。更何況這個機器人是放在書架較高的位置。當時詩織的行爲，恐怕是採取了爬到椅子上的危險做法。」

「啊。」我們再次同時揚起聲音。

「要是此事曝光，就會得不到獎勵。更重要的是，曾讓詩織處於危險一事，必定會遭到父母責罵。這麼一來，文彥自然會考慮，不如讓父母認爲是自己弄壞機器人還比較好。儘管失去寶物，想必令他痛心無比。」

這樣啊——

「那麼，讓文彥的視線離開詩織的原因，又是什麼呢——他當時恐怕在讀《妙殿下》吧。所有事物都是愈被禁止，就會愈令人在意。對於從以前就想讀《妙殿下》的文彥而言，眼前有了讀漫畫的大好良機。由於漫畫實在太過有趣，他就在服部小姐的房間內一路看了下去——忘了他把詩織留在客廳。讀到第三集的話，假設讀完一本也要花二、三十分鐘，那麼三本就需要一小時以上的時間。他和健次郎先生用LINE聯絡，想必也是在這個時候吧。於此期間，詩織醒了過來，前往兒童房，弄壞機器人。等到文彥注意到的時候，已經爲時已晚。無可奈何之下，文彥只好主張是自己弄壞了機器人。」

原來如此，所以店長才會針對《妙殿下》提出詢問。

「當然，不要讓視線離開詩織只是一種措辭。對健次郎先生來說，他想來並非要文彥每一分每一秒都緊盯著詩織，而是要文彥不要放著詩織獨自一人的意思。我想文彥應該也明白這層意思。只是被漫畫吸引了注意力，把詩織獨自留在別的房間，讓文彥深感愧疚。因此他才難以說出實際發生的事情。」茶畑搖了搖頭。「他大概想盡可能避免服部小姐注意到損壞的機器人，所以才把機器人收進抽屜中。唯獨頭上的角，因爲彈飛到走廊上，遲遲難以發現，最後被服部小姐搶先找到——個人以爲這就是事件背後的隱情。」

「請等一下。」我插話。「詩織被問到『哥哥是不是發生什麼事』的時候，回答了『不知道』。她是犯人的話，難道不會說出是自己做的嗎？」

「她應該被文彥叮囑過要保密吧。四歲的話，應該也開始能夠判斷，弄壞玩具是會遭到譴責的行爲。文彥的要求正合她意，她便配合了。」

原來如此——

「結果是詩織做的好事啊。」服部喃喃低語，忽然想到什麼似地說道：「健次郎是不是已經察覺到了？」

「他恐怕並未察覺。」茶畑搖頭回答。「健次郎先生在修理機器人的過程中，對損壞的狀態提出了疑慮。若是他已察覺事情眞相，就應該不會主動提起這個話題。畢竟這麼一來，就容易曝光約定的存在。」

「喔，說得也對。」服部點了點頭。

「在那之後，健次郎先生應該依約把食玩拿給了文彥。畢竟機器人壞掉，與約定內容沒有關係。然而文彥因此產生欺騙父親的罪惡感。他會悶悶不樂，恐怕就是因爲這個原因吧——以上便是一點拙見。」

哦哦——眾人口中發出讚嘆之聲。照茶畑的推論，機器人壞掉一事就有了合理的解釋。就連呆然聆聽的服部，也緩緩點頭。

「店長的推理讓我心服口服。不是霸凌眞是太好了——」

服部挨個環視眾人，低頭說了一聲「謝謝」。

然而她的臉上仍然帶著一抹憂愁。半晌沉默，她低聲吐出一句：

「但文彥說了謊，還曾經丟著詩織不管。」

「服部。」歌村擔憂地出聲喚她。

茶畑慌忙解釋：「剛才我說的純屬想像，就算剛好說中了，也請您不要太過責備文彥。即使他暗藏私念，但會怏怏不樂，正是代表他爲此良心苛責，表示你們將他教得很正直。」

說到這裡，茶畑露出本日最爲惶恐的表情，低頭致歉說自己太過僭越了。

「請別道歉。」服部連忙說。「店長的話讓我很開心。說得也是呢，文彥也在成長啊。」

服部頷首後，終於露出發自內心的開朗笑容。

不過她馬上繃緊臉龐，用低沉的嗓音宣布：「剩下的問題就是健次郎了。回去之後，我要好好念他一頓。」

我們聞言，只能沉默地連連點頭。

幾天之後，歌村那邊收到「健次郎招了。已狠狠念過一頓（怒）」的報告。茶畑的推理這次也是正確的。

不過教養小孩實在是充滿出乎意料的事情，可說是一條艱辛道路。我也來問問姊姊夫婦有沒有什麼想要的，買來送給他們好了。給外甥送玩具也許是個好主意，不過要送他洛克大師一號機，可能還稍嫌太早。

我的腦中這麼盤算著。

作者後記

提筆寫這篇故事的時候，我爲了聽聽實際養育年幼小孩的人的經驗談，而採訪了育兒中的姊姊夫婦。寫第二篇故事的時候，我也曾向姊夫請教了關於過敏的事情。諸多叨擾，實在是感謝萬分。

由於正值新型冠狀病毒肆虐期間，我們無法直接碰面，而是透過網際網路，進行線上採訪。哎，老實說，小孩子的活力眞可怕。

姊姊夫婦的女兒在我寫這篇後記的時候，即將滿四歲，和作中的詩織正是同樣年紀——活力充沛，精力十足。採訪的時候，她大概知道是在談自己，便從螢幕的上下左右——不，上面是還不至於——探出頭，試著加入話題似地想方設法入鏡。即使好幾次被姊姊說「去別邊玩」，她依舊毫不放棄地喊著「我也要」，一股勁湊到鏡頭前。姊姊終於放棄，用把外甥女抱在腿上的方式繼續訪談（不過還是請姊姊戴上耳機，以免被外甥女聽到問題內容）。

我原本的目的只是想請姊姊夫婦從育兒夫婦的立場，幫忙確認本作的設定等是否有誤，並沒打算對小孩採訪——沒想到意外目睹小孩充滿活力的模樣，得到了珍貴的經驗。照這個樣子，作中描寫的事件就算發生也不奇怪——我莫名地爲此感到安心。

不過，家中有年幼小孩的家庭實在相當辛苦。關於這一點，希望作品中或多或少能傳達出訪談的成果。

另外作中提及的機器人動畫並無特定的參考對象，而是筆者所知的作品們的大雜燴。組裝模型和玩具相關的敘述，則是仰仗對這方面知之甚詳的友人。如有錯漏之處，責任全在筆者身上——寫到這邊，我久違地湧起念頭，想組裝鋼普拉或洛伊德之類的模型來玩。不過由於我現在就已經過著要被書淹沒的生活，如果再加上陳列鋼普拉的空間，以現實層面來說，實在有點困難。只是有模型點綴的生活，果然還是有點憧憬。

最後來介紹一下伊佐山在作中提及的作家。

吉兒・邱吉爾（Jill Churchill）可說是舒逸推理的代表選手。以《垃圾與罰（*Grime and Punishment*）》爲開頭的珍・傑佛瑞系列，描寫了主角照顧與亡夫之間生下的三個小孩，忙得團團轉之餘，同時和好友及熟稔的刑警攜手解決事件的故事。家事、解謎，配上刑警之間的浪漫插曲，忙碌得令人目不轉睛的劇情——正是舒逸推理！只要說到作品名稱全都是向文學名作致敬的系列作，相信不少人都會心領神會地回答：哦，那個系列呀。除此之外，吉兒・邱吉爾還有以一九三〇年代的美國爲舞台的「欽賜山莊（*Grace and Favor series*）」系列。

萊斯里・梅爾（Leslie Meier）則是有以《槲寄生謀殺案（*Mistletoe Murder*）》爲開頭的「露西・史通」系列，已在日本翻譯出版。喜歡推理小說的主角，借助家人和好友的力量解決事件，是充滿舒逸精神的愉快系列作品。系列中不乏充分利用聖誕節、萬聖節、感恩節等節日活動的故事，也是其魅力所在。

凱倫・麥克納尼（Karen MacInerney）目前已有多部作品在日本翻譯出版，伊佐山所說的作品是「瑪姬・彼得森」系列的第一集跟第二集。該系列的第一本是《媽媽外出的一天（*Mother's Day*

Out）》，主角也和邱吉爾及梅爾筆下的偵探一樣，在家事與工作間忙得團團轉。不過本系列偶爾還會發生家人的車撞毀起火的驚險場面，令人心跳加速的故事展開十分值得一看。

另外〈塔爾博伊斯逸事〉是多蘿西．塞耶斯（Dorothy Sayers）的「彼得．溫西爵爺」系列的其中一篇。彼得爲了遭受懷疑的大兒子布雷登，解開不留足跡的桃子小偷身分之謎，是一篇十分愉快的故事。本篇收錄在《巴士司機的蜜月（*Busman's Honeymoon*）》之中（註）。

《妙殿下》是一九七八年於《花與夢》（白泉社）開始連載，至今仍未完結的搞笑漫畫經典之作。在二〇二一年的時間點，連同衍生作品在內，系列單行本已超過一百二十集。故事述說馬利尼拉王國的少年國王巴德里歐，以及圍繞著他展開的各種異想天開的故

註：此指日版（日版譯名：《大忙しの蜜月旅行》）。在原文版本中，這則故事是收錄於一九七二年的短篇集《Striding Folly》。

事。故事有科幻，有驚悚，有推理，劇情肆意縱橫於各種分類，構築出只能以《妙殿下》世界稱之的獨一無二世界觀。

喪中明信片之謎

「看外國的推理小說，每每都會感受到所謂風土文化的差異。」

福來如此感嘆。他今天也是熬夜完成稿子才來，臉頰上雖然冒出明顯鬍碴，但似乎還是精神抖擻。此刻他正忙不迭地啃著茶點餅乾，一邊高談己見。

「比方說，歐美的推理小說中，經常出現問候卡，但對日本人來說，應該覺得很陌生吧。雖說聖誕節和萬聖節都快變成傳統了。其實我在讀《黑鰥夫俱樂部》的時候，剛好看到寫問候卡的故事。」

「總之就是，問候卡在舒逸推理中登場的機率很高吧。」

歌村說道。她的打扮一如往常，是喜愛的樂團T恤配上西裝外套。只見她拈起一片餅乾，點了點頭。「畢竟舒逸推理常常拿季節活動當主題嘛。」

不過伊佐山卻對此提出異議。

「不對吧，福來兄。說起問候卡，要說日本人對此陌生，那可不太對。是你理解不夠。」

福來聞言臉一沉。「難道日本會像歐美國家那樣互送聖誕卡嗎？」

「有歷史悠久的賀卡——就是賀年卡啊。」伊佐山細長的臉揚起笑容，露出洋洋得意的神色。「以配合季節活動寄送的卡片來說，賀年卡完全符合資格。」

「啊——」福來不甘心地呻吟一聲。「眞是盲點。」

「確實呢。」川津賢治贊同。他連連上下點動那張顴骨高削的臉龐，發出「原來如此啊」的感嘆聲。

十一月時節，位於荻窪的咖啡店「漫步」，今天也舉辦「Cozy Boys的聚會」。窗外落葉翩飛，路上行人的打扮已經染上秋裝色彩。

Cozy Boys的聚會——是聚會總召兼同好雜誌《COZY》主編的歌村由佳理、小說家福來晶一、評論家兼舊書店店主伊佐山春嶽，以及一介編輯的夏川司在下我，這四名成員爲了一同探討議論推理小說而召開的集會。聚會有兩條規則：盡情說作品壞話，但是不可說人的壞話，只是後者的規約幾乎沒人遵守。

這個月的聚會邀請了福來的熟人川津作爲來賓。他是在福來常去的酒吧「POISON」工作的酒保，同時是搖滾樂團「梅杜莎之眼」的吉他手。今年三十二歲，在今天這一桌的成員當中，算是較爲年輕的一員。他所屬的樂團今年即將迎來十週年，根據他本人所說，只是「難以餬口」的程度。不過在評論家之間，被一致評爲實力派樂團，是音樂情報雜誌上的常客。福來在酒吧談起聚會的時候，他表示也想見識看看，就被福來邀請參加聚會。川津有著染紅的短髮，配上破損牛仔褲和T恤——上面以令人毛骨悚然的筆觸，描繪出希臘神話中的梅杜莎——怎麼看都是一身音樂青年風的打扮。不過從他作詞作曲的《一個都不留》、《密室！》等曲名就能知道，他對推理小說的認識深厚，和聚會成員之間也很快打成一片。特別是歌村，由於兩人都喜歡搖滾樂，讓他們意氣相投，開始互相稱讚：「那件T恤眞不賴」「妳身上那件也不錯」。歌村喜歡海灘男孩，而另一邊，川津的樂團則是十足十的硬式搖滾。兩者追求的音樂性有著天差地遠的差異，不過在搖滾愛好者之間，顯然只是些枝微末節的小事。順帶一提，我喜歡的是B'z。

川津說出他的觀察：「這個聚會看來並不是只討論解謎呀。」

「深入細節，加以探究，才是讀推理小說的樂趣喔。」伊佐山裝模作樣地回應。

「哎呀，雖然當初我說想見識一下，但眞怕大家都在討論艱深的話題，就連店主也都是一副本格派的模樣。」他朝穿著西裝背心，此刻待在吧檯後的茶畑看了一眼。「我又是這一身打扮，還擔心我要是說了什麼傻話，說不定會被踢出去。」

這番話讓茶畑不禁苦笑。只見川津還在感慨萬千地點頭，叨念著「問候卡啊——」，忽然正色喃喃說道：「那個到底是怎麼一回事呀？」

「怎麼了？」福來出聲詢問。

「啊，我說出口了嗎？」川津搔了搔頭。「我想起自己遇過一件和卡片有關的奇怪體驗。」

「哦？」福來探出身子。

「我有一個大兩歲的姊姊，」川津開口道來：「她叫早紀，是一個專門拍野生動物的攝影師。這傢伙是個怪人，從大學時代就加入探險社，在山野間到處亂跑。畢業後，她開始認眞學攝影，把攝影當飯吃。我自己的營生雖然也沒什麼好說人的，不過她比我更不食人間煙火。」

「感覺是個很有趣的人，不過和問候卡有什麼關係？」

「啊，抱歉。其實已經是好幾年前的事情了，早紀她啊——」川津用沉重的口吻說道：「從朋友到工作往來的對象，她都寄了喪中明信片。」

「哦。」我不禁發出有點少根筋的聲音。人活著，遲早都會遇到需要服喪的時候吧。

「問題在於，根本沒人過世。」川津說了下去。「那一年，我們親屬沒有人過世。」

福來歪起腦袋反問：「這樣沒必要寄喪中明信片吧。」

「是沒必要。」

「那爲什麼要寄啊？」

「就是不知道，才很奇怪。」川津深有感觸地嘆道：「這件事至今都還是個謎。」

沒有親屬過世，卻寄出了喪中明信片？

「確實是個謎呢，不過是說，」福來又歪頭發出疑問：「喪中明信片不是需要寫出哪位親屬過世嗎？這部分又怎麼解決？」

「什麼都沒寫。」川津搖頭回答。「上面完全沒寫誰過世，只寫了一句：『家中有喪，新年不克問候，還望見宥。』」

「嗯——」福來伸手摸下巴。「照你剛才的說法，喪中明信片似乎寄給不少人？」

「好像是。哎，不過我也沒向早紀認識的所有人都確認過就是了。」

歌村從旁加入話題。

「你沒問過令姊原因嗎？」

「我問了，不過不知為何，她含糊其辭地帶過，之後就沒再提起——」

「有趣。」伊佐山盤起蒼白手臂。「沒人過世，卻不知為何寄出了喪中明信片。」

「呃，不是殺人或是密室之類的謎團，眞是不好意思。」

「不，很有趣。」歌村也附和伊佐山。「方便的話，能麻煩你說得詳細一點嗎？」

「但是難得的聚會，把時間花在我的故事上，這樣好嗎？」

「要是只講到這裡，那才叫吊人胃口呢。」歌村的回答讓我們跟著點頭。

「應該是五、六年前年底的事情了，」川津仰頭望向天花板。「當時我在酒吧看店，結果熟客山田先生不知為什麼，上門的時候一副緊張兮兮的模樣。他一看到我，就露出如釋重負的樣子這麼說：『哦哦，你還活著呀。那過世的應該是你親戚了，請節哀順變。』

我當場愣住。說什麼節哀順變，我根本沒聽說我親戚中有人過世。而且『還活著』又是怎麼一回事？被我一問，山田先生就這麼回答：『不是說今年家中有喪嗎？因爲老大——呃，早紀學姊這麼講的。』」

他截住話頭，環視我們一圈。

「這位山田先生曾經是先前說的探險社一員，他很崇拜比他大的早紀，甚至還會叫她『老大』。他被早紀帶來我們店裡之後，就經常光顧我們店。然後——根據山田先生所說，早紀寄了喪中明信片（註）來，但明信片上面沒寫誰過世，只寫著『家中有喪，新年不克問候，還望見宥』。山田先生是這麼向我解釋的：『所以我才會擔心是不是賢治過世了。』」川津呼出一口氣，繼續說道：「我一頭霧水，搞不清楚早紀到底在想什麼。」

「你說過早紀小姐是個怪人，」伊佐山問：「她會寄喪中明信片來惡作劇嗎？」

「她不是那種人。」

「她在大學參加了叫探險社的社團？」

「是的，是在全日本到處探險的一群人所組織的社團。早紀從以前就喜歡動物，加入社團之後，就開始對戶外活動感興趣，現在也是一有空就會去露營。」

註：日本習俗上，如一等親、二等親的親屬中有人離世，由於服喪期間不宜慶賀新年，便會於該年年底寄送喪中明信片，謝絕賀年。

「她專門拍攝野生動物的話，可說是興趣與工作兼顧呢。」歌村說道。

「凡事都要有一個限度。」川津嘆著氣回答：「喜歡露營是無所謂，不過她可是遇到不少危險事。大學時代，她曾經在山裡遇到熊，在沖繩還被波布蛇咬過。」

「確實很危險。」福來蹙起眉頭。

「害當弟弟的我老是懸著一顆心。不過她近來安分多了。」

原來如此，看來是一個怪人，但並不是會寄送喪中明信片來惡作劇的陰暗個性。

「我查了令姊的名字。」伊佐山把手機放在桌上。「是這一位嗎？」

「對，沒錯，中間的人就是早紀。」川津看著畫面頷首，伸手指出畫面中央的女性。

「這是探險社的臉書帳號嗎？」

照片似乎是在居酒屋榻榻米座位拍的，是一群年輕男女的團體照。早紀是一位有著小麥色肌膚，五官端正的人。和伙伴們相比，她的身材相當嬌小，看起來實在不像一到週末就四處探險的人。

「我實在很佩服，這麼小的身體裡，到底哪來這麼多活力。」彷彿看穿我的想法一般，川津這麼說道。「別看她這個樣子，在伙伴之間可是被當帶頭的喔。」

「學弟山田好像也叫她老大。」福來回憶道。

「是呀，她似乎是大家的大姊頭。說是一旦下定決心，就勇往直前的地方很帥氣——

她本人似乎也不討厭被大家這麼稱呼。要我來說的話，她直到上高中，都還是一個個性謹慎，或者說是害羞的人，但是進了探險社之後，她就開始變得外向活潑。環境眞的會讓一個人的個性也跟著改變呢。」

看來是一位冒險精神與敏感心思兼具的女士，不過想來人就是大抵如此。說起來，周圍都擺出搞笑姿勢，唯獨早紀一個人筆直盯著鏡頭，這也給人個性認眞的印象。

「啊，話題又跑遠了——那一天酒吧也很忙，話題就沒再繼續下去。不過我實在很在意，就在工作結束打電話給母親。因爲我平常沒事不會聯絡家裡，母親還因此緊張了一下就是了。『最近我們哪個親戚過世了嗎？』我這麼一問，讓我母親愈發起疑心，給我來了一頓不必要的說教：『發生什麼事？想來是樂團經營不善吧？所以我都說過好幾次了，叫你找個正經的工作。你就先回來吧，有事都好商量。你姊前陣子說過，她過年會回來唷。』」川津露出苦笑。「結論是：我們家親戚全員無恙，沒人過世。別說我家父母，就連我母親那邊的祖父母，和我父親那邊的祖母，也都活蹦亂跳得很。父親那邊的祖父在老早前就駕鶴歸西了，所以跟這件事無關。如果是更遠的親戚，也不會需要服喪。」

「沒漏掉誰嗎？」福來詢問：「叔伯阿姨、姪女外甥之類。」

「我說福來兄，服喪可是只到二等親喔。」伊佐山出言指正。

「啊，對喔。」福來回神說道。「不過早紀小姐說不定也搞錯了，以爲三等親的親戚過世，也要寄喪中明信片。」

「我也確認了叔叔和姪女的狀況。」川津插嘴補充。「不過還是老樣子，別說過世，就連生病的消息也沒有。」

「你們家親戚有人收到明信片嗎？」歌村提出詢問。「雖說與親戚之間的賀年卡往來，會因人而異就是了。」

「要是有，家母一定會得到消息。她對壞事的耳朵特別靈。」川津搖了搖頭。「說起來，我們家親戚往來本來就比較少。我們不搞新年拜訪，頂多只會在婚喪喜慶的場合碰面，因此也不會互寄賀年卡。」

「我們家也是這種感覺。」福來應和。「不過到這時候，你仍然沒向本人詢問，到底爲什麼要寄喪中明信片嗎？」

「那是因爲這時候我和早紀有點疏遠，難以開口。」

「這又是發生了什麼事？」

「在這一個月前，我和來我們酒吧喝醉的早紀吵架了。」川津搔了搔頭。「所以後來我就提不起勁打電話給她，也不再追究——然而在山田先生來過的幾天後，我和女性友人們打電話，她這麼說：『川津現在是在服喪吧。我不小心寄賀年卡給早紀姊了。』」

第二張喪中明信片登場了。

「她叫石川，是我以前在輕音社認識的女生——她常來我們店，結果和來我們店裡的早紀很處得來，兩人交上了朋友。這位石川說『我收到早紀姊的喪中明信片』。仔細一問，發現她收到的明信片和山田先生一樣，上面只寫著『家中有喪，新年不克問候，還望見宥』。她聽到我說沒人過世，還嚇了一大跳。」

川津朝我們看了一圈。

「這下子，我開始不安，擔心早紀該不會還到處寄給別人。」

「結果第三位就出現了嗎？」福來詢問，只見川津頷首。

「是的，是一位叫倉木田的人，她是和早紀有往來的廣告代理商。她也是因爲被早紀帶來，成爲我們店的常客。她和早紀大概因爲世代相近，私底下也有往來——她在我和石川談過的隔天晚上來到店裡，一來馬上就在吧檯說：『早紀最近也眞是多災多難。』我馬上意會過來，問她：『是喪中明信片嗎？』果然不出我所料。」

「她也收到了沒寫誰過世的喪中明信片吧。」

「沒錯。聽我說明情形，她變得有點擔心。『說起來，早紀好像有煩惱。』她開口這麼說：『早紀最近好像失去了大客戶。她雖然說是常有的事，試著一笑置之，但我覺得她好像很不好受。』」

「嗯——」福來發出沉吟。「同爲個體戶，眞是心有戚戚焉。」

「而且她私底下似乎也有其他狀況。倉木田小姐說：『春天時分，我和早紀姊妹淘聚會，結果她嘆說自己和戀人分了。』似乎是在沖繩被波布蛇咬的事情變成導火線，讓對方再也忍受不下去，說是：『每次都騙人說露營、拍照，卻搞成這樣，讓人這麼擔心，實在沒辦法再奉陪。』」

川津發出嘆息。

「我覺得事情不妙，猜想早紀該不會是因爲接連的噩耗，變得有點怪怪的。照這樣看來，不知道她到底還給多少人寄了明信片。事情變成這樣，我沒法再放著不管，連忙打電話給早紀。」

「結果呢？」福來沉不住氣地探出身子。

「她沒接電話。」川津嘆了一口氣。「我在語音信箱留了訊息，但過了整整一天也沒收到回音。我想著這下得直接問她才行，就出發前往她在高圓寺的公寓。」

故事似乎逐漸迎來高潮，我的手也不知不覺地用力。

「我抵達的時候還不到中午，我想說先塡飽肚子再去，就走進車站前的中華料理店。早紀帶我來過這家店好幾次，店長是位台灣老爺爺，算是比較道地的中華料理店。狹窄的店內有幾分像居酒屋，天花板垂下拔染出『福』字樣的紅色圓燈籠，牆壁上貼著寫了『醫食同源』的簽名板。菜單上有高麗人參雞湯、酥炸蠍子，還有三杯田雞之類的菜色——」

「這種店的下酒小菜最好吃了。」嗜辣的福來說道。

「我一走進店裡，店長就朝我看來，說：『你是早紀的弟弟吧。』他還記得我以前來過。他大概手上有空，就向我問起早紀的近況。我回答說我就是爲此而來，結果店長一臉擔心，表示早紀以前常帶探險社的學弟妹來，最近卻不再上門，讓人很想念她。我問他是從什麼時候開始，他的回答是『從剛進入春天的那陣子開始』，和倉木田小姐的說法一致。我心想事情果然有點大條，不是悠哉吃飯的時候了，就立刻出了店。」

川津用冷水潤潤喉，繼續說下去。

「早紀的公寓就在車站附近，她搬來的時候，我也有幫忙搬家，所以知道地址。我一到公寓，就看到眼熟的管理員大叔，一邊碎碎念『眞是的，老是搞這些』，一邊刷洗公寓外牆上的塗鴉。高圓寺那一帶向來很多塗鴉——總之就是頗有庶民風情的一棟公寓。我從旁邊借過，按了房間門鈴，卻沒有反應。結果旁邊剛結束工作的大叔就湊了過來，告訴我：『你是川津小姐的弟弟吧，川津小姐她不在喔。』他似乎也記得我的長相。我還在煩惱是否該改天再來，大叔就說著『得趁她回來前趕緊閃人』，開始把清潔用具塞進裡面的樓梯下方。他的說法實在令人在意，正當我滿頭問號的時候，他看向我的身後，顯得一臉尷尬。接著一聲『咦？』傳進耳中，我就轉頭往回看，只見早紀手上提著相機和購物袋，站在那裡。」

川津吐出一口氣。

「大叔立刻就閃人了。我一轉向早紀，她的臉不知爲何頓時一片鐵青，讓我更加感到不安。突然上門是我不好，不過我好歹用語音訊息通知過，要談的事情應該也不至於讓她臉色蒼白——就這樣站著說話也很尷尬，所以她還是讓我進了房間，但一直不肯和我四目相交，甚至不肯朝我的方向看上一眼。我問她：『妳聽到我的留言了嗎？』早紀回答我說：『抱歉，我在忙。』就算再忙，回個訊息應該也不是做不到，想來她是無視了我的訊息。我雖然這麼想，但也沒追究，轉而開口問了明信片的事情。」

川津看了我們一圈。

「然而早紀裝傻反問：『明信片是指什麼？』我回她說：『就是喪中明信片啊，妳寄給很多人吧？』她才終於回答：『哦，那個啊。』但還是堅持裝傻說『沒什麼』。我這下也火大了，反駁她說：『哪會沒什麼，沒人過世的話，爲什麼要寄喪中明信片？』早紀眼神游移，自暴自棄地回答：『那個只是我一時興起，跟你沒什麼關係吧。』我忍不住激動起來，回她說；『哪會沒有關係，我很擔心妳啊。』也許是一時情緒不穩，我講著講著，忍不住眼眶泛淚。看到我這個樣子，早紀也嚇了一跳——然後笑著說傻子，這有什麼好哭的。她大概是稍微放下戒備，態度也軟化了——不過她還是不肯透露更多，一直主張『沒什麼事』，堅持不願告訴我箇中緣由。」

「那麼，事情的眞相——」

「不知道。我們就在這件事不了了之的情況下過了年。後來我和早紀算是言歸於好了，但我到現在還是不知道，喪中明信片到底怎麼一回事。」川津說到這裡，環視在場眾人。「如何，大家明白什麼了嗎？」

「不可思議啊。」福來感慨萬千地嘆道：「我到你們店裡光顧也有好一陣子了，沒想到你竟然還藏著這樣的謎團，眞是不厚道。」

「哎，眞抱歉。」川津聽到福來蠻不講理的抱怨，竟然乖乖低頭道歉。

「小福來，別亂找碴。」歌村出言教訓。「不過還眞的很不可思議。親戚明明都沒事，早紀小姐爲什麼要寄喪中明信片呢？」

這件事委實很奇妙，讓我的職業意識不禁有反應。如果要以推理小說的方式命名，大概是〈查無死者的喪中明信片之不可思議事件〉，或是〈喪中明信片之謎〉吧——

就在我沉思於無謂的問題時，福來率先發起討論。

「先從前提下手吧。首先，你應該沒有不知情的親戚存在吧？有沒有可能是那位親戚過世了呢？」

「不會的，我好好調查過了。」

「這算是一個盲點。」伊佐山開口。他裝模作樣地翹著腳，帶著自信詢問川津：「令姊是不是有養狗或貓呢？」

川津露出恍然神色，回問伊佐山：「你是說早紀是在為寵物服喪嗎？」

「沒錯，一個人悼念的對象，並不僅限於人類。」伊佐山洋洋自得地說道。「我想早紀小姐應該是失去了寵物吧。」

「因為太過悲傷，才寄出喪中明信片嗎？」歌村詢問。

「沒錯。這樣也就能夠解釋，為什麼明信片上沒寫過世的是誰。大概是早紀小姐自己也不好意思寫上去。但她實在沒辦法抱著開朗的心情迎接新年，也不想看到祝賀新年的賀年卡。所以她才在不寫出是誰過世的情況下，寄出了喪中明信片。」

不過川津對此歪了歪腦袋。「總覺得有點不太對。」

「為什麼？」

「她的房間沒有養寵物的感覺。」川津回答。「這種不是都感覺得出來嗎？房間內是否擺著寵物用的飼料盆，或是留有寵物的氣味。」

「寵物一定是在川津先生來訪的好一陣子前就過世了。」伊佐山提出反論。「如此一來，寵物用品自然早就收起來了，氣味也不會那麼明顯。」

「那棟公寓准許養寵物嗎？」歌村詢問。

「啊，不能養。」川津回答。「早紀在搬家的時候有提過，說這裡不能養寵物。」

「不，說是寵物，也不僅限於哺乳類。熱帶魚或是爬蟲類之類，也都有可能。這類寵物的話，只要想養，就能偷偷養在公寓裡。」

不過川津依舊搖頭。「仔細一想，早紀根本不可能養寵物。畢竟她幾乎每週都會外出旅行，這樣根本沒辦法照顧寵物。她也不可能每次旅行，都一一將寵物拜託別人照顧。」

伊佐山似乎無力反駁，陷入一陣緘默。

「不過，不是人類這個思考方向，我覺得滿有潛力。」歌村說道。「不是動物，而是爲喜歡的角色服喪，這個想法如何呢？」

「妳說角色，是指架空作品中的登場人物嗎？」我出聲詢問。

「沒錯，雖然聽起來有點異想天開，不過實際上已有先例。」歌村進一步說明：「就是力石徹，《小拳王》的力石。《週刊少年Magazine》刊載力石死去的那一回之後，還有粉絲爲他舉辦了喪禮，不知道你們知不知道？」

「這件事很有名。」伊佐山點了點頭。「推理界也有這樣的例子：於一八九三年，夏洛克·福爾摩斯在〈最後一案〉之中死去的時候，甚至還有人在身上別著喪章外出。」

「看吧，從以前開始，就會有人爲了角色死亡進行哀悼。」歌村說道。

原來如此，怪不得不管怎麼找，都遍尋不著死者的存在。我覺得這個說法挺有說服力，福來卻對此大歪其頭。

「爲角色服喪，會特地昭告天下嗎？如果要表現自己的悲傷，不寫出是哪個角色死亡，收到明信片的人也會搞不清楚狀況吧。」

「就像剛才伊佐山所說，我想早紀小姐只是不想收到大家一派無邪地，向自己祝賀新春的明信片吧。」歌村反駁。「沒寫出角色名字，則是考慮到社會眼光。」

不過川津依然有異議：「很難說耶。我是不敢說早紀對漫畫和動畫沒興趣，不過她對動漫的認識也不過是對流行作品略知一二的程度，可能入迷到這種程度嗎？」

「人要沉迷什麼，只要一瞬間就夠了喔。」歌村依然堅持自己的主張。「我媽媽也是在去年突然迷上寶塚。」

「要是早紀對什麼東西入迷到這種程度，倉木田小姐應該會提起才對。像是最近的早紀如何如何之類的。」川津搖了搖頭。「但她並沒提起諸如此類的話題。」

「哎呀。」歌村頓時語塞。

「川津先生說得有道理。」伊佐山評道。聽到伊佐山這麼說，歌村也妥協退讓。「我還以爲是個不錯的想法。」她這麼說道。

「你們兩個都想得太複雜啦。」福來鼻翼翕動，得意地說：「想得簡單一點就好。」

「我洗耳恭聽。」伊佐山語帶嘲諷地回應。

「很簡單，只要讓親戚增加就好。」福來宣布他的答案。「也就是說，早紀小姐其實祕密地結了婚，只是沒有舉辦婚禮。」

「結婚！」川津大喊。「我不知──」

「你先聽著──然而早紀小姐卻逢天大的不幸。」福來露出沉痛的表情。「結婚沒多久，她的另一半就過世了，她才寄出了喪中明信片。這樣一切就說得通了。」他得意地環視眾人，彷彿在詢問評價如何。

「結婚是和誰結婚？」川津提出疑問。

「早紀小姐這樣可真忙。」歌村也歪起腦袋。「整理起來的話，她和戀人分手，接下來又和成為丈夫的人邂逅並結婚──然後對方就過世了？」

「我一併回答你們兩位的問題：早紀小姐其實就是和交往中的戀人結婚。她對倉木田小姐所說的『分了』，其實是語意表達不清，她的這句話是表達兩人因死亡而分開了。」

川津一臉難以苟同。「她要是結婚了，應該會向我們家人說一聲。」

「對方是有難言之隱的人，早紀小姐說不定是想隱瞞不說。」

「這樣的話，明信片上面的姓氏要怎麼辦？」伊佐山詢問。「結婚後改變姓氏的話，收到明信片的人應該會注意到。畢竟現在的日本，還不認同夫婦別姓。」

聽到這件事的歌村，頓時皺起臉，抱怨夫婦別姓又有什麼關係，為什麼禁止──「總有一天會改的。」伊佐山回應。

「呃，我沒聽說她改過姓氏。」川津說道。

「那就是丈夫那邊改姓了。」大概是沒想到姓氏的問題，福來狼狽地補充解釋。「或者是因爲工作關係，早紀小姐仍舊使用舊姓。畢竟攝影師的話，名字就是自己的招牌。」

「就算這樣，還是說不通。」川津搖頭否定。

「爲什麼？」

「因爲和早紀交往的戀人，是倉木田小姐認識的人。」川津爽快地回答。「要是他過世了，倉木田小姐應該會說才對。」

「那、早紀小姐是和別人結婚了。」福來迅速推翻了自己先前的發言。「然後對方就過世了。」

「就算眞是如此，還是說不通。畢竟倉木田小姐說的是『她嘆說自己和戀人分了』。即使是用『分了』來敘述和結婚對象因死分別，稱呼也應該是『丈夫』或『老公』，而不是『戀人』才對。」

福來眼神飄移。

「川津先生說得有道理。」歌村判決，乾淨俐落地駁回福來的說法。

沉默降臨。如今尚未發表意見的，就剩下我一人。

我死盯著天花板，努力思考。回到原點來想，喪中明信片是家人之中有人過世才寄的東西。這麼一來，應該是川津家的親戚中有人過世才對。不是祖父母，不是父母，也不是叔伯阿姨或是他們的小孩，在這之中被漏掉的某一個人——

我靈光一閃。有這麼一個人，因爲和早紀小姐太接近，以至於大家都漏看的人物。

大概是激動的情緒形於顏色，歌村出聲詢問：「看你好像想到什麼了嗎？」

「應該要重回原點思考。」我頷首回答。「也就是回歸到喪中明信片是在親人當中，有人遭逢不幸時才寄的這一點。」

「這一點我們剛才講很久了吧，不就是在討論完全沒人過世的問題嗎。」

「不，明明也是一家成員，我們卻漏掉了一人——那就是早紀小姐。」我直指核心。「明信片是用來告知早紀小姐過世的消息。正確來說，我想應該是以早紀小姐自身的死爲前提寄出的明信片。」

席間一陣騷動。

「你是說早紀她打算去死嗎？」川津一臉深受震撼地問道。

「我很清楚這種事情不能隨便亂說。」我低頭致歉。「不過，如果早紀小姐之前是在計畫自己的死亡，一切就說得通了。」

「說說看吧。」福來出聲催促。

「早紀小姐決定要在過年前結束生命——她大概是在此時想到，這樣對於每年都會寄賀年卡的人實在過意不去。要是事後得知自己寄了賀年卡給死掉的人，想來一定會不太舒服。」

「所以她才事先寄了喪中明信片嗎？」川津說道。他的臉上仍是一副難以置信的表情。「爲了讓大家不要寄賀年卡來？」

「如此一來，之所以沒寫過世的是誰，也就可以理解了。畢竟她也不能寫出自己接下來準備結束生命。」

「但是，她爲什麼會想不開——」

「我想果然是因爲接連不斷的不幸吧。早紀小姐不論是在工作，或是私人方面，都失去了重要的事物，讓她相當遭受打擊。精神狀況不佳這一點，也能從川津先生聽到的消息中窺見一二。她曾經一臉陰鬱地走在商店街，和公寓管理員之間似乎發生了什麼糾紛，也是心理狀態不安定的跡象。」

「不——不過，早紀她現在很有精神啊。」川津爭辯。「她現在活蹦亂跳。」

「這一點全都是川津先生的功勞。當初你決定去探望她的狀況，可以說是正確的決定。」我回答道。「她大概在那之前都抱著輕生的念頭，但在川津先生的關切之下改變了心意。意識到連之前的爭吵都拋諸腦後且來關心自己的親人，她決定再多活一陣子。」

「同時也成爲了擺脫憂鬱的契機。」福來頷首道。伊佐山也盤起手臂，發出一陣長吟。「有道理。」

然而，歌村一副難以接受的模樣，偏著頭說「是這樣嗎」。

「有什麼不合理的地方嗎？」

「雖然這麼說有點那個，」歌村語帶躊躇，但還是繼續說下去：「我只是覺得以一個抱著輕生念頭的人來說，也太簡單就振作起來了。雖說被先前還在吵架的親人關心，自然是會感到開心。」

「人的心理是難以爲外人道的。」儘管推論被戳到痛處，我還是出言反駁。「就算在別人看來，只是微不足道的一句話，對當事人而言，也可能成爲無與倫比的救贖。」

「就算我退一百步，認同這一點，這個說法果然還是說不通。」歌村回答。「川津先生不也說過了嗎？早紀小姐說過新年會回老家。」

「咦？」

「就是川津先生打電話回老家的時候啊。川津先生的母親不是說了『你姊過年會回來』嗎？」

「啊。」

說起來是有這麼一回事，川津點頭說道。

「打算在過年前結束生命的人，應該不會預定回老家過年吧。」

我無從反駁。就在我還在索盡枯腸，思考解答的時候，福來也點了點頭。「切入點不錯，可惜還是有矛盾啊。」

我沉進椅子中。

一如往常地，即使經過百般討論，我們依舊沒能得出足以說明一切的推理。如此一來，便是那一位出場的時候了。

「嗯——我們也差不多卡關了。」歌村想來也和我有同樣想法，只見她轉向吧檯出聲詢問：「店長有什麼想法？」

川津一臉吃驚地看向吧檯。正在洗東西的茶畑關了水，靜靜地低頭致歉。

「真是不好意思，我一直在旁邊聽著各位的談話。這麼說雖然有些失禮，您所經歷的事情，確實是相當特殊的體驗呢。」

「喔，嗯。」川津應聲，同時尋求說明似地看了我們一圈。

「其實店長是一位名偵探。」福來解釋。「我們一直以來都會像這樣子討論解謎。雖然很不甘心，但到最後，解開謎團的永遠都是他。」

「我只是在各位爬梳整理出真相之後，再從旁插嘴而已。」

「店長就別再謙虛啦。」已經習慣的歌村輕鬆自如地回應。「你應該已經有一套推論了吧？看你的臉就知道了。」

「是的，雖然稍嫌流於猜測。」

「沒關係。對吧，大家都很想聽吧？」

我們忙不迭地點頭。

「那麼便容我僭越。」茶畑用毛巾擦手之後，繞出吧檯，來到我們面前。我們都迫不及待地往前探出身子。

茶畑向川津開口詢問。

「請問您身上的T恤，是屬於您樂團的原創商品嗎？」

「這件嗎……對，是我們樂團的T恤。」川津點頭後扭過身體，讓我們看T恤的背面。只見T恤的背上是寫著MEDUSA的設計圖樣標誌。「我們出道的時候得意忘形，做了太多。結果賣不出去，留了一大堆存貨，加上事務所也要求我們幫忙宣傳，所以我平常也會穿。」

我歪了歪頭。T恤看起來很普通，毫無出奇之處。這個問題到底——？

「果然如此。」茶畑點了點頭。「下一個問題，您造訪公寓時，管理員似乎正在清洗外牆。請問您還記得他是怎麼清洗的嗎？」

「怎麼清洗嗎？」川津終於露出一頭霧水的表情，不久便回答。

「他應該很普通地用了塗鴉專用的清潔劑，就是噴罐的那一種。顏料溶解後再用可以連到外面水龍頭的水管沖洗——」

「謝謝。那麼最後一個問題：您說事情是發生在五、六年前，會不會實際上是更久之前——也就是二〇一二年的事情呢？」

聽到這個問題，我們之間也飄散著一陣困惑的氣氛。推理的時候，茶畑總是會問些讓人搞不懂意圖的問題，不過這次格外令人丈二金剛摸不著頭腦。聽到這個問題，川津歪著頭說：「咦，到底是哪一年呢？」只見他掐著手指計算，一邊喃喃自語四年前的冬天如何，在那之前又是如何。末了他搔了搔頭，向我們宣布：

「哎呀，眞是不好意思，是我搞錯了。的確是二〇一二年，比我想得更久以前。」

我們一陣騷動。川津再次說著「眞是不好意思」，向我們低下頭。

「非常感謝。託您的福，已經看得到事件的眞相了。」

「眞的假的？」

茶畑頷首回答：「這是二〇一二年發生的事情，我認爲這算是最關鍵的重點。」

「年分這麼至關緊要嗎？」我的嘴巴冒出疑問。茶畑說是重要線索，但我的腦中只有滿天亂飛的問號。別吊人胃口嘛，福來也在一旁抗議。

「非常抱歉，直接了當地說，這次大概是因爲恐懼心理。」茶畑垂頭致歉，同時向我們說明。「不論是誰，都會有一兩樣害怕的東西——恐懼心理也有許多種。有人自從有記憶以來，就會毫無緣由地對某種東西感到害怕；也有人的恐懼是以某些事件為契機，也就是創傷症候群的情形。早紀小姐的話，想來屬於後者。」

我們都一臉錯愕。恐懼心理？這個結論究竟從哪裡冒出來的？

「除了明信片之外，早紀小姐還有許多令人不解的行為。管理員的反應、不再去中華料理店，以及看到川津先生就臉色發青。這些跡象，全都指向某一個答案。」

「你剛才說的那些，全都有關聯？」福來發出疑問。

「我是這麼認為的。」茶畑點頭。「恐怕早紀小姐自從在沖繩被波布蛇咬之後，就對蛇抱有恐懼症。」

「對蛇的——恐懼症？」我們同時揚起聲音。

「是的，在恐懼症當中，應該也算是相當常見的一種。一如字面意思，是指對蛇恐懼得無以復加的精神狀態。在各位討論的時候，我在網路上的《默克診療手冊（*The Merck Manuals*）》稍微做了一點調查。」《默克診療手冊》——是一部從十九世紀於美國發行以來，時至今日依然不斷編修，並公開在網路上的醫學事典。「雖然只是外行人的現學現賣，不過關於特殊恐懼症——也就是恐懼症的定義一項中，寫著『對特定狀況、環境，或是對象所抱持的持續性不合理恐懼』。討厭蛇的人不在少數，但過於嚴重，以至於影響到日常生活的話，應該就是發展成恐懼症的階段了。」

「喔。」

突然其來的精神醫學講座，讓我不禁發出少根筋的回應。

「波布蛇的毒相當危險，只要血清稍遲一步便回天乏術。對早紀小姐而言，應該是極爲恐怖的體驗。她就算以此爲契機，對波布蛇——進而對所有蛇都抱持恐懼，也絲毫不足以爲奇。我會這麼推論，是有所根據的，並非毫無緣由。川津先生在高圓寺的所見所聞，便道出了箇中眞相。」

「我的所見所聞？」川津一臉吃驚地反問。

「其中之一是川津先生的衣服。川津先生說過，他在造訪早紀小姐住處時，早紀小姐見到他便面色蒼白。」

「對，所以我還猜想她是不是有什麼不想被人知道的隱情。」

「如果是這樣，她應該在認出川津先生的當下，就會有所反應才是。」茶畑搖了搖頭。「然而實際上，依照川津先生的說法，川津先生轉身面對早紀小姐的時候，早紀小姐這才變得面無血色。也就是說，川津先生背對她的時候，她毫無反應；直到正面朝向她的時候，才會造成問題。」

接下來的部分，稍微摻雜了一些想像。茶畑以這句作爲開頭之後，才繼續說下去。

「您的樂團的T恤是否從出道當時，就維持相同設計的款式呢？此外，您說平日自己也會穿。我想您在拜訪早紀小姐的時候，說不定也是穿著這款T恤。早紀小姐也許就是看到T恤，才會感到恐懼。川津先生進房間之後，她試著別開視線，想來也是這個緣由。」

「那一天，我確實可能穿著這一件，有什麼——」川津說到一半，把視線投向自己的T恤，啞然張口。

茶畑點了點頭。

「梅杜莎是有著蛇髮的怪物。早紀小姐也許是看到梅杜莎而感到恐懼吧。」

「啊——」

「另一點是公寓的塗鴉。」茶畑繼續說了下去。「管理員一邊沖洗牆壁，一邊說了『得趁她回來前趕緊閃人』。恐怕是他以前曾經爲了沖水的水管，與早紀小姐發生過衝突。水管的形狀容易令人聯想到蛇，因此早紀小姐恐怕曾經爲此抱怨，希望不要自己在場的時候使用，造成了糾紛。」

「原來如此！」大家眾口一聲地發出了悟的聲音。

福來也一臉欽佩地猛點頭，但又表情一變。

「我明白行爲古怪的背後原因了，但不再去中華料理店，又是因爲什麼？」

「也許是因爲店內有蛇的關係。」

我們都一陣啞然。

「根據川津先生所說，這家店是以道地的中華料理爲目標。店內提倡醫食同源，還用高麗人參、青蛙和蠍子等入菜，菜單上有益於滋補強身的菜色也相同齊全。如果是這樣的一家店，就算店內放著風味與眾不同的酒也不奇怪。例如說，蝮蛇酒之類。」

對啊！

川津的反應氣勢驚人。「有有有，店裡有放。就在櫃檯後的架子上放著一瓶蝮蛇酒——」

茶畑點了點頭。

「我想那就是原因。瓶子裡面浸泡著巨大蝮蛇的景象，就算沒有恐懼症，恐怕也有不少人會感到噁心。更別提對有恐懼症的人來說——即使是曾經的愛店，只好敬而遠之了。」

嗯——我們大表贊同。各種難以理解的行爲，用蛇恐懼症來解釋便迎刃而解。

「我明白早紀小姐有蛇恐懼症了。」歌村說道。「但最重要的部分還是不明白。蛇和喪中明信片，到底有什麼關係？」

「在這裡，請回想喪中明信片之謎發生的年分。」

「二〇一二年——發生過什麼事情嗎？」

「這一年是辰年。」茶畑回答。「也就是說隔年，會是什麼年呢？」

「要說什麼年的話，」歌村回應：「就是巳——啊。」

眾人的臉上都閃過了然的神色。原來如此——

「隔年的二〇一三年是巳年，也就是蛇年。」茶畑說道。「在這一年的開頭，日本的全國各地會發生什麼事呢？沒錯，家家戶戶都會收到賀年卡。這些賀年卡上，幾乎都會妝點著干支的圖案。市販的賀年卡大多印著干支的圖，也有不少人會自己畫圖。即使是沒有圖案的賀年卡，只要是郵政明信片，郵票欄也會有干支圖樣。」

「早紀就是怕看到這些吧。」川津喃喃說道。

「是的，畫著蛇的明信片大量送來——對早紀小姐而言，應該是難以忍受的恐懼吧。所以她才向大家寄出喪中明信片，好讓自己不會收到賀年卡。」茶畑解釋。「既然沒人過世，文中自然不會提及過世的人是誰。年關將至的時候，早紀小姐會一臉陰暗地走在商店街上，也是情有可原。她想必是想起將會送來的賀年卡，煩惱該怎麼辦才好。」

「但——但是，就算是這樣，做法也太亂來了。」福來反駁。「難道就沒其他辦法嗎？比如說向大家提出請求，說自己對蛇有陰影，所以別寄賀年卡來之類。」

「這個做法確實有些亂來。」茶畑回應。「但是說出『我怕蛇，別寄賀年卡』的話，也會有許多問題。首先，這麼做會很費工夫。必須一個個打電話說明前因後果，得到對方的理解。事非尋常，說明應該也會花上不少時間。更別說除了朋友，也還得向工作上的往來對象打電話，自曝精神上的弱點，再加以拜託，難道不會相當耗費精神嗎？另外，要是不小心讓事情傳到客戶耳中，也許會對攝影師的工作造成什麼問題。川津小姐似乎怕蛇，要是她發生什麼問題也麻煩，以後還是不要委託她拍野外山林的照片好了——諸如這類的情形便可能發生。」

「是有這個風險。」歌村點頭贊成。

「她應該對探險社的成員們也難以開口吧。被眾人稱爲老大，受到仰賴推崇，想來應該是被視爲某種類似英雄豪傑一般的人物。對於有此立場的早紀小姐而言，向眾人說出自己怕蛇一事，便會關係到自己身爲『老大』的顏面。」

「確——確實沒錯。」川津一臉呆愣地點頭。

「因爲這番緣故，拜託眾人不要送賀年卡的做法，委實有萬般難處。不過要是收到賀年卡，又難以直接心一橫丟棄。雖然也是有人對丟棄賀年卡毫無抗拒心理——不過一般而言，無法輕易丟棄，應該才是人之常情。這麼一來，乾脆寄送喪中明信片，設法讓大家不寄賀年卡給自己。依照川津先生所說，早紀小姐是一下定決心，就會直衝到底的個性。她想到這個解決辦法，應該會毫不躊躇地實行吧——以上便是個人一點淺見。」

我們目瞪口呆。早紀的行爲雖然異想天開——但一切都得到了解釋。

「但她明明告訴我原因也行吧。」川津嘟囔。

「兩位曾在吵架，她也許是不想暴露出自身弱點。」茶畑回應。「她雖然感謝您爲她擔心，但一碼歸一碼。兩位若是沒在吵架，或許事情走向又會不一樣了。」

川津感慨地嘆了一口氣。「沒想到會是這樣的原因。」

茶畑慌忙說道：「這都只是我的想像，請不要全盤當眞。」

「不，你的說法很有道理。」川津拿出手機。「我要向早紀確認眞相。總不能就這樣吊大家的胃口（註）——啊，這可不是在刻意玩文字遊戲。」

「她會說嗎？」歌村表示懷疑。

「不問問看不知道。」川津回應。「我們也都和好了，現在她說不定會告訴我。」

川津撥出電話。

在一陣沉默之後，川津開口說道：「嗯，是我啦。」早紀看來接了電話。「我有事想問妳，方便嗎？」他一邊這麼說，一邊走向店內一角，小聲地和電話另一頭開始交談。

「——這樣啊，眞是辛苦妳了。不，我也沒察覺到，眞是抱歉。有空再到我們店來吧，我請妳喝一杯。」

川津結束通話，回到座位後，感慨良多地宣布：「一切正如店長的推理。」

註：原文為蛇の生殺し。

茶畑也放心似地鬆了一口氣。「沒有變成我的一番信口雌黃，這下我也安心了。」

「人有害怕的東西，就會因此做出各種事情呢。」歌村也深有感觸地感嘆，隨後忽然露出擔心的神情。「不過早紀小姐這樣沒問題嗎？她的專長是野生動物，如果怕蛇，野外的工作不會有困難嗎？」

「她現在症狀好像緩解很多了。巳年馬上又要到了，她說下次的賀年卡，她打算要在上面印可愛的蛇。早紀的賀年卡可是相當不賴喔。對了，店長，如果你有拍照的需求，就跟我說一聲。想拍什麼都行，我會讓她算特別優惠——」

川津這麼說著，露出燦爛笑容。

作者後記

我對這篇作品，抱持著「總算趕上了」的感慨。具體來說，我一直想趕在賀年卡的習俗消失前，將這個構思付諸文字。

成為本作主幹的構思，是我曾經以小段子發表在內部同好雜誌上的一篇文章。刊登後迴響莫名好，聽我口頭講述故事的人，對故事的反應也不算差。因此我一直想著，總有一天要好好寫出來，讓這個故事問世。

然而就在我仍然渾渾噩噩地抱著這種想法的時候，賀年卡的習俗突然開始衰退。不知是否是電子郵件和社交軟體發展造成的結果，明信片形式的賀年卡數量似乎年年減少，以二〇〇三年發行的約四十四億六千萬張明信片為巔峰，二〇二〇年、二〇二一年發行的分量，就剩大約二十一億三千四百萬張。儘管數量依舊驚人——但是從我個人感受，也能深刻體會到賀年卡的減少。曾幾何時，我連以往寥寥可數的賀年卡都收不到了（你說難道不是我的朋友和熟人變少了？你說什麼，我聽不見）。

新年問候統統電子化，這大概也算是時代的潮流吧，但依舊讓人感到些許寂寥。

再這樣過個十年、二十年，只怕會出現連實體賀年卡都沒見過的世代。對於這些世代，我的這個故事，恐怕只會讓人感到一頭霧水吧。正當我開始隱隱感到焦慮時，就得到了執筆這個「Cozy Boys」系列的機會，讓我藉著這個大好機會，把故事寫出來。

這件事就先說到這裡。身爲對實體賀年卡抱有親近感的人，我還是希望賀年卡的習俗能夠細水長流地保存下來。就像紙本書籍和電子書籍的共存，我也希望實體賀年卡能依舊保有一席之地。不知道未來究竟會變成什麼樣呢。

言歸正傳，歌村在本作開頭，主張問候卡在舒逸推理中登場機率頗高。這一點其實也是我的感想。我試著從手邊的舒逸推理小說中隨便翻開幾十本，都會有極高機率，能從字裡行間發現聖誕賀卡一詞。所以我認爲這個看法並不算離譜，不知道大家怎麼想呢？雖然說，我並沒有與舒逸推理以外的作品進行比較統計，所以請大家當作體感上的一點小看法就好……

陌生的十萬圓之謎

「達許．漢密特眞棒。他的小說體現了他的人生體驗。」

伊佐山抿了一口紅茶，一邊發出感嘆。舊書店店主兼評論家伊佐山，把細瘦的身體靠向咖啡店「漫步」的椅子，用評論家的口吻稱讚漢密特這位作家——冷硬派的始祖——有多麼優秀。

「他的作品出色地運用了他在偵探社工作的經驗。哎，我最近又回頭讀他的作品，忍不住由衷對他感到佩服。」

「竟然稱讚漢密特，你這個舒逸推理愛好者中的老鼠屎。」

聽到伊佐山的發言，作家福來跳出來出言指責。自詡反冷硬派分子的他，此刻黑框眼鏡後的雙眼怒目圓睜，已然擺出了迎戰的架勢。

「福來兄，舒逸和冷硬派並不是對立的概念啊。」伊佐山說道。

「我才不要聽這種乖寶寶的意見。」

「別這麼說嘛，你就聽我說一下。從歷史上的前後經過來看，我也明白你會想把兩者視爲對立的兩端。不過舒逸推理的存在本身，並不是在否定冷硬派推理。就算舒逸推理的特色是有很多喝茶用餐的場景，舞台又大多位於狹小村落或城鎮，故事中大爲活躍的往往是外行人偵探，兩者依舊是無法比較的不同存在。」

「我有異議——」

伊佐山滔滔不絕地大談己見，福來便加以反駁，兩人的議論不知何時才會完結。一旁的本次來賓，二宮正樹錯愕地注視著兩人一來一往，白皙的臉龐上浮現擔憂的神色。「哦，沒事啦。他們老是這個樣子。」儘管主辦者歌村出言解釋，二宮依然一副擔心的樣子。「眞的沒什麼。」我也出聲安撫二宮。

這天是寒意徹骨的冬日。咖啡店「漫步」，今天也舉辦了「Cozy Boys的聚會」。

二宮以出道作《用十萬圓救世界的方法》一炮而紅。廣受矚目的他，是目前被視爲下一代希望之星的作家。他的作品被認爲充分發揮在黑心企業工作的經驗，作爲反映社會實態的新世代青春小說，廣受大眾歡迎，甚至已有改編影視的傳聞。我們編輯部也出現提議與作家接洽的聲音，於是便由在下夏川司接下重任。在幾次會面晤談，我因緣際會地在話題中提起這個聚會。

「感覺很有趣呢，我個人也滿喜歡推理小說。」

因爲這一句話，我便邀請二宮參加聚會，沒想到——

身爲一方希望之星的二宮，到了聚會上，不知是否因爲初次見面而感到緊張，說話應答都顯得有些僵硬。就連店長茶畑精心泡的紅茶，也無法讓二宮放鬆下來。我見狀便出聲這麼說：

「老師的作品中，最厲害的果然還是對於黑心企業的細節描寫。書中角色想來也是以前同事為原型嗎？」

我的原意是拋出二宮比較容易加入的話題，孰料福來和伊佐山二人組對關鍵字緊咬不放，把客人晾在一旁，自顧自地展開議論。

「體驗很重要，二宮先生的作品也的確非常出色，但是——」福來慷慨激昂地闡述：「作家就是要靠想像力，直逼人的本質才行。就像是沒殺人的經驗，也要寫出殺人鬼。」

「您說得很有道理，但是福來兄可正是在這一方面，有點不太在行呢。」伊佐山在胸前搭起細瘦的手指，做出沉思的樣子。

「不太在行？」

「沒錯。就算寫壞人，也給人一種憑腦袋空想的感覺——別生氣喔。果然是經驗的有無，以及身邊沒有這類人的關係吧。」

「小福來自己不管怎麼說，也是個性比較正直的人嘛。」歌村也開口附和。說起當事人，雖說這也算不上什麼對社會叛逆心理的體現，不過身上穿滾石樂團的T恤——明明是嚴冬，卻只在外面穿了一件西裝外套。

和福來的蒼白臉色相比，我簡直是氣色紅潤。「我記得你老家好像也是家境不錯，大概是家教不錯吧。」

「眞失禮啊，我雖然不想誇耀自己幹過的壞事，不過別看我這樣，我在老家那邊也算是挺不良喔。」福來拍拍胸膛。「儘管如此還是不倚靠經驗，全憑想像力來直面人性本質，這才是一介創作者的矜持吧。」

「哦，在老家是個不良少年啊。你都幹過什麼壞事？」

「呃，比如說翹課啊。」

缺乏衝擊的回答，讓在場眾人一陣爆笑。

「福來兄可真是個壞孩子呢。」伊佐山笑嘻嘻地說道。

「你們雖然不當一回事，不過我們學校嚴得很，翹課就是對體制明確的反抗行為。我為了表示反抗，可是很認眞翹課喔。」

「咦？我記得你以前在文章裡，不是寫過你學生時代幾乎都拿全勤嗎？」

歌村的指摘讓福來羞紅了臉。

「我明白。」伊佐山臉上的笑容愈發燦爛。「人在提起當年勇的時候，總是會想加油添醋一番。」

我就說我不是在誇耀自己幹過的壞事，福來還在這麼反駁的時候——「差不多來吃點心吧。」歌村提議，於是這件事就這樣告一段落。

「漫步」著名的季節限定甜點是古典巧克力蛋糕。濃厚的巧克力會在舌尖上融化，是充滿分量感的一道甜點。蛋糕旁還配上鮮奶油和一顆草莓，更是令人心花怒放。

眾人暫時停止爭論，享用紅茶和蛋糕。作品類別雖然難以定義，不過可說是舒逸推理象徵的紅茶與蛋糕的組合，則是永恆不變的正解。就算是福來和伊佐山二人組，想來也不會對這點提出異議。果不其然，福來喜笑顏開地率先掃平了自己盤中的草莓鮮奶油蛋糕。甜點似乎能緩和緊繃的情緒，只見二宮終於放鬆地開口。

「說起壞孩子，我在學校也算翹課常客。」

「真意外，二宮先生看起來不像會這麼做啊。」福來回應。

「當時還年輕氣盛。」二宮搔了搔頭。「說是這麼說，其實也只是大家晚上在街上亂晃，在鬧區喧鬧，這種程度而已。大家現在都已經成年出社會了，前陣子還慶祝我出書——」他說到這裡，突然閉上嘴巴。

「怎麼了？」

「啊，抱歉。沒事，我只是想起派對之後，發生了一件不知道該不該說是謎團的怪事。我對那件事情一直耿耿於懷，要寫作也無法專心，剛才不禁浮上心頭。」

「謎團呀。」歌村兩眼閃閃發亮，探出上半身。原本就氣色好的臉頰更是泛起紅暈。

「沒什麼，不是什麼值得各位推理愛好者一聽的事情。既不是殺人事件，也沒有密室，只是小小的謎題而已。」

「聽著愈來愈令人在意了。」歌村依舊不肯放棄。

「眞是傷腦筋——其實是我在辦公室的桌子抽屜裡，被人放進裝著五萬圓又多一點的信封，而且金額還在不知不覺之間翻倍。你們看，不是什麼大不了的話題吧。」

「增加了？不是不見或是被偷，而是增加了嗎？」

二宮點頭回應福來的疑問。

我們不禁一陣騷動。二宮雖然說不是什麼大事，不過如此令人費解的發展，豈不是不可思議的謎團嗎？

「聽起來眞是不可思議。不介意的話，能說詳細一點嗎？」歌村說道。

「這事說來話長喔。」

「沒問題，請務必說來分享。」「洗耳恭聽。」老在針鋒相對的福來和伊佐山，這種時候總是團結起來。在前輩們的熱切要求下，二宮怯怯地開口：

「我明白了，那麼——」

他注視著天花板，開始娓娓道來。

「專心投入爬格子的工作時，我買了新桌子。」

二宮用充滿懷念的口吻說道。

「在那之前，我都是在從小用到大的書桌上寫稿。因爲想要認眞打理好環境，我就買了寫字桌。雖然只是二手貨，不過一放在辦公室，感覺就是不一樣。整頓好的環境，真的會讓人湧起幹勁。我想說應該要藉此機會，也來把個人事務處理好，就整理了報稅資料，準備了抽屜備用金。」

「抽屜備用金？」福來歪頭詢問。

「大家不是會說，最好備著新鈔，以備不時之需嗎？算是一種私房錢，或者說是緊急時的預備金。在我家是叫做抽屜備用金。」

「嗯，確實是會準備好新鈔，以免臨時需要參加婚喪喜慶。」

「沒錯，就是那個。要發壓歲錢給親戚小孩的時候也很方便。剛好我手上有幾張近乎全新的鈔票，我就把五張一萬圓和三張一千圓放進信封，收進抽屜裡。」

「也就是總共五萬三千圓。」

二宮點了點頭。

「我轉換好心情，便提筆投入寫作——不過隔天就發生了一件事，澆熄了這份幹勁。結花——我妹妹打電話來。她吞吞吐吐地，用消沉的聲音這麼說：『其實之前說好的聚餐，龍一說也想來參加，還說要叫大家一起來辦派對。你覺得呢？』」

二宮露出苦澀的表情。

「所謂的聚餐是週末的時候，我打算和結花兩人一起慶祝出書，還想說來開瓶好酒。

沒想到正在和結花交往，一個叫澤村龍一的傢伙也想一起來——龍一跟我是從高中就認識的朋友，他在本地的不動產公司工作，和我住同一區，所以現在也還是時不時會碰到面。他這個人就是愛瞎起鬨，我當然很感激他想幫我慶祝，但要陪他鬧實在有點累。雖然他就只是愛當大哥照顧人，不是什麼壞人就是了。」

二宮嘆出一口氣。

「老實說，我覺得很麻煩。不過龍一個性霸道，一旦決定就講也講不聽，結花大概也勸不動他。其實我以前有一段時間，曾經被龍一當成跑腿小弟。儘管講起來有點丟臉，不過我至今還是沒辦法對他擺臉色。要是拒絕會太嗆，我就答應了找大家來開派對。」

二宮聳聳肩，喝了一口紅茶。

「派對是在我家舉行。房子是我兩年前繼承來的，雖然屋子老舊，但還算寬敞。對我這樣的單身漢而言，住起來實在有點大。」

「眞是羨慕啊。」福來說出老實的感想。

「雖然是棟破房子就是了。」二宮客氣了一句。「當天結花白天就來了，一起幫我進行各種準備。到了傍晚五點多，大家開始三三兩兩抵達。山內、橋田、小野——在場一共六個人。

一開始還算平穩。大家向我道賀，各自說起近況。比方說工作狀況如何，或是小孩生了之類。因為都是從小認識的朋友，所以我們大聊往事，談得不亦樂乎。這部分還好，問題就是龍一開始發酒瘋。」

「看來是喝醉就會去煩人的類型呀。」福來評論道。

「可不只是煩人。」二宮苦著一張臉。「雖然跟先前的話題無關，不過他會開始吹噓自己以前做過的壞事，而且還把我也扯進去，談起陳年往事，說出兩人以前一起做過什麼壞事。啊，請別誤會。」二宮一臉慌張地擺擺手。「如同我剛才所說，我做過的壞事，頂多就是和伙伴們在鬧街遊蕩——大家抽個菸、喝個酒，這種程度而已。結花雖然也替我出聲說『別再說了』，但龍一完全不聽，喋喋不休地一直講下去。他滿嘴都是『我們當時也眞壞，竟然偷教師的機車。記得我們總共偷了五輛去賣吧』，或是『三年級的時候，我們不是去把Z校的傢伙們痛扁了一頓嗎？把那個也寫出來啊，一定很好笑』之類的，醉得不輕。龍一皮膚晒得很黑，所以看不太出來，不過仔細一瞧的話，他喝到連髮際都紅了。他口中的偷了五輛機車，根本不是眞的！我們的確借用過一次老師的機車，不過後來可是有好好還回去。可是龍一死揪著這個話題不放。」

「到了現在，飆車族已經不流行囉。」

伊佐山聳了聳肩。

「我也是這麼說，但龍一完全在興頭上，跟我說『要成功果然就是要有眞實感。啊，你是擔心老師們讀到怎麼辦？不會被抓到啦』，還說『你害怕被輿論燒？不想被Z校的傢伙們讀到？安啦，我就說不會被抓到了』之類的。總之他一直不肯死心。」

眞是困擾的傢伙，福來在一旁憤憤不平地說道。

「我也被拖下水，被他拉著喝到不省人事——等我醒過來的時候，時間已經過了午夜十二點。時間也晚了，大家打算就此散會。不過龍一似乎還沒喝夠，最後吵著說『再去喝一家吧，錢我出』，就拉著結花他們走了。結花原本要留下來幫我收拾，卻被龍一硬是拉走，眞是的。」

二宮的語氣中帶著怨念。

「結花說『喝個一杯就回來』，放著鍋碗瓢盆之類的就出去了。結果她好像還是被拉著到處跑，回來的時候，已經是隔天早上十點了。一問之下，她好像陪他們陪到早上四點。她雖然說她有先回家一趟補眠，不過依然面有倦色。我自己也是，雖然睡了一晚，但還是宿醉難消。兩個人就這樣拖著沉重的身體收拾殘局，實在有夠痛苦。」

原來如此，看來澤村這個人是會把身邊的人搞得人仰馬翻的類型。「你朋友似乎是容易酒精衝腦的類型呢。」歌村說道。只見也屬於同類的福來一臉尷尬的樣子。眞是教人吃不消，二宮彷彿在這麼抱怨似地搖了搖頭，繼續說下去。

「隔天——我才注意到事情不太對。我原本是在找釘書機，想要拉開抽屜，結果發現抽屜打不開。」

「被抽屜裡的尺卡住了嗎？」福來詢問。

「大概因爲是二手貨，抽屜從我買來的時候就一直怪怪的。如果把抽屜推到底，就會打不開，因此我平常都不會把抽屜完全闔上。」

「結果抽屜卻被完全闔上了嗎？」

二宮點頭。「我雖然覺得奇怪，但當時只想著要怎麼打開抽屜。我和桌子搏鬥了一陣，終於把抽屜拉開來。」

「有找到釘書機嗎？」

「釘書機是找到了，但我這下才回過神——是誰把抽屜關上了？出入我家的人，除了我以外，別無他人。如此一來，就只會是派對的客人。我的辦公室在二樓，當天大家都在我家走來走去，以派對的氣氛來說，就算有人擅自闖入也不奇怪。」

如果大家都處於黃湯下肚的狀況，或許也不是不可能。

「我想到這裡，突然想起抽屜備用金就放在裡面！因爲信封很薄，碰了桌子的人要是看了抽屜裡面，注意到信封的話，仔細一看就能看到隔著信封透出來的鈔票。我不安了起來，忍不住確認了信封。」

「結果如何？」福來探出身子詢問。

「如同我剛才所說，錢沒被偷，反而還增加了。」二宮舉起雙手，張開手指。「信封裡出現了十張我毫無印象的閃亮萬圓鈔。十張比我放進信封裡的鈔票更乾淨，新到好像會割傷手指的嶄新鈔票，就這樣放在信封內。」

「從五萬三千圓，多出了四萬七千圓啊。」歌村說道。「確實接近翻倍了。」

「眞的是讓人大吃一驚。原本的錢去哪裡了呢？這十張萬圓新鈔又是從哪裡冒出來的？如果是派對的客人，是有機會接觸到信封裡的錢，但對方爲什麼要這麼做？搞不清楚背後的意圖，害我一直耿耿於懷，稿子也沒進度。」二宮搖了搖頭。「總之，事情就是這樣。大家覺得如何？」

在座眾人的口中也不禁冒出嘆息。

雖說不是什麼大事，但確實令人費解。

我轉換成編輯的思考模式。如果要取個標題，大概是叫做「陌生的十萬圓之謎」吧。不，還是叫做「抽屜中不請自來的十萬圓」比較好？

我兀自沉思在毫無意義的思緒之中。「眞是個難解的問題呀。」一旁的福來盤起手臂，盯著天花板。「先從大前提來看吧。首先，信封內是不是眞的只有五萬三千圓？其實原本就放了十萬圓，是自己記錯了之類的。」

二宮搖了搖頭。

「我幾天前才放進去，不會記錯的。」

「那有什麼線索嗎？不管多微不足道也無所謂。」

「話是這麼說……」

二宮困擾地發出沉吟，不久後拍了一下手。「啊，我少講了一件事：不只錢增加了，就連信封都變成別的信封了。」

「哦！」我們揚起聲音。

「雖然是很普通的信封就是了。一般是叫長信封嗎？常常用在直郵廣告，長寬分別是二十多公分和十公分再多一點的白色信封。因爲和原本的信封很像，所以我一開始沒注意到，不過仔細一看，就會發現有微妙不同。原本的信封邊緣有點毛糙，後來變成狀態比較新的信封。」

「也就是說，連同信封都被人調換了。」伊佐山若有所思地說道。

「辦公室任何人都能進嗎？」歌村出聲詢問

「是的，大家都喝醉了，到處亂走。」二宮露出苦笑。「我也沒特地上鎖。」

「這麼說來，比起機會，從動機切入也許比較好。」歌村道。「想成是賀禮如何？」

福來歪頭詢問：「什麼的賀禮？」

「出道作品大賣的賀禮之類。」

「嗯——因此送錢有點奇怪。就算眞是如此，普通地給不就好了嗎？」

「可能是有什麼不能正大光明送禮的苦衷。」歌村把視線投向二宮。「這麼問可能有點冒犯，不過在你的朋友中，其中有關係不和的人嗎？」

「呃，不和嗎？」

「那個人其實內心想和你和解，也想爲你慶祝，卻因爲尷尬而不好意思露臉，於是就由知情的第三者——參加派對的某一個人——代爲送上禮金。」

二宮含蓄地搖頭。「我想不到類似的人。」

「果然還是不太自然。」福來也搖了搖頭。「假設十萬圓眞的是賀禮，是第三者把裝著禮金的信封放進抽屜，那原本的信封又去哪裡了？是那位第三者拿走了嗎？」

「就是這一點，」歌村點點頭。「我也無法解釋這一點——有人有想法嗎？」

遺憾的是我也想不到。看到我們搖頭，歌村也乾脆地說「那大概不對吧」，撤回自己的說法。

「派對會不會才是重點所在呢？」

伊佐山開口說道。一如他平常思考時的習慣，他瞇起本來就接近一條縫的眼睛，來回摩娑下巴。「依我猜想，這應該是派對的餘興節目，也就是整人遊戲吧。」

「整人遊戲的話，這是爲了嚇我嗎？」

二宮詢問。

「沒錯，這是指涉書名《用十萬圓救世界的方法》的惡作劇。」

「不過會是誰這麼做？」

「澤村這個人，聽起來似乎很孩子氣。他的嫌疑應該滿大的。」伊佐山說道。「計畫是這樣的：澤村偷偷進入辦公室，把信封放進抽屜，設計讓二宮老師你打開。等著看你因為神祕的十萬圓而露出一臉不知所措的模樣，大家再一起取笑。原本是這樣的整人遊戲，沒想到——」

伊佐山連連搖頭。

「偶然地，抽屜裡已經有了相似的信封。發現事情與預想不同，澤村陷入慌亂，一時情急之下，就把兩個信封對調了過來。」

「我不懂。」福來喊停。「為什麼需要對調信封？放在原本的信封上面就好了吧。」

「所以我才說，他是陷入慌亂。他似乎喝得不少，在酒精影響下，無法正常判斷。」

「春兄吶，你那根本就是萬能藉口。首先，不過是抽屜裡放著別的信封，澤村為什麼會因此陷入慌亂？」

福來皺著眉頭。伊佐山的解釋有點牽強。二宮也歪了歪頭。

「如果是整人遊戲，應該要有揭開真相的環節吧。」

「因爲喝醉了嘛。」伊佐山辯解似地這麼說：「澤村因爲太醉了，忘了說明，最後就這樣把原本的信封帶回去了。他現在可能正在煩惱該怎麼辦。」

「太牽強了。」福來吐槽。「既然預定是大家一起笑，就算澤村忘了，也會有人注意到吧。」

伊佐山被駁斥得說不出話。

「更何況以整人遊戲來說，這太缺乏衝擊力道了。」歌村乘勝追擊。「就算就這樣把十萬圓丟在抽屜裡，被人發現的反應也只會是：這是什麼？然後就沒後續了。默默留下錢，觀察後續反應，以派對的惡作劇而言，太陰濕了，沒有歡鬧的感覺。」

「我知道、我明白了，我撤回這個說法。」

伊佐山終於舉起白旗。

我一邊瞥向鼓著臉頰，端起杯子的伊佐山，一邊思索。這麼做沒有歡鬧的感覺嗎？也許眞是如此也說不一定。從偷偷放進抽屜的做法來看，眞要說的話，比較給人有什麼難言之隱的印象。難言之隱——

我恍然一驚。答案說不定十分單純。

我開口說道：

「那筆錢會不會是賠償費呢？」

「賠償費嗎？」

二宮一臉困惑地重複了一遍。

「沒錯，畢竟悄悄把錢留下的做法，不覺得有一種心虛愧疚的感覺嗎？」

「這麼一說，可能是吧。」二宮回以模糊的答覆。

「至少從行爲當中，我並未感受到惡意。從使用了乾淨的信封這一點來看，反而還令人覺得貼心。」

「你認爲是誰給的賠償費？」歌村提出疑問。

「這不過是我的想像，」我回答：「好比說，澤村似乎給二宮老師添過不少麻煩。」

「你是說那傢伙在反省過去的事情嗎？」二宮歪過腦袋。「我確實在高中時期被他當跑腿小弟，還被他近乎恐嚇似地逼著掏錢。」

「就是那個，他就是感到悔恨。只是事到如今，當面道歉的話，對他來說太難爲情，但不道歉又過意不去。如果是這樣的心態，怎麼樣呢？」

「嗯——從他在派對上的樣子來看，實在看不出他有這份心。」二宮回答。「他還是和以前一樣旁若無人。」

「嗯，聽起來不太像在反省。」福來也出聲附和。「而且這個說法，和歌村的主張有同樣的弱點：就算我們把留下的十萬圓當作賠償費好了。原本的信封又去哪裡了？他放進自己的口袋裡了嗎？」

「呃——他原本包了十萬圓，當作賠償費，結果一看到抽屜裡的錢，可能又覺得五萬圓左右就夠了。所以他就把裝著十萬圓的信封留下，把原本的信封當作差額，放進自己的口袋裡。」

這個解釋連我自己都覺得牽強。果不其然，大家也都是無法接受的模樣，接連發出不贊同的聲音：「太亂七八糟了。」「這種就叫爲解釋而解釋。」「太牽強了。」

二宮補上致命一擊似地搖了搖頭。「感覺有點太方便主義。」

「說得也是。」我沉進椅子裡。

大概是大家都沒主意了，紛紛開始安靜地端起杯子，喝起飲料。

這樣的話，雖然有點不甘心，但果然還是只能仰仗那個人。

「大家，可能差不多是店長登場的時候了。」

歌村想來也在思考同樣的事情，只見她轉身看向身後，開口說道：

「店長怎麼想？」

守在吧檯角落的茶畑，說了一聲抱歉後低下了頭。總是冷靜沉著、舉止端方的他，今天也宛如杉樹一般挺直背脊，穿著與他的身形般配無比的正式西裝背心。「我又不小心從旁聽到了各位的談話。」

「沒關係，是我們自己講得太大聲。店長有什麼想法嗎？」

見二宮一臉呆愣，我從旁說明。

「店長其實是位名偵探。這個聚會上，不時會有人提出不可思議的謎團，每次都由店長幫忙解開謎底。」

「快別這麼說。」茶畑端整的臉龐上浮現困擾的表情。

「我不過是在各位梳理謎團之後，從旁插嘴而已。這次也是如此，聽著各位的發言，我不禁佩服各位竟然能想到這麼多動機。」

「謙虛過頭就會像反諷喔。」歌村沒好氣似地回應。「店長應該有什麼想法吧？」

「那麼請恕我多嘴，」茶畑頓了一下，開口說道：「動機確實相當重要，不過思考誰能完成犯行，有時不失爲有效的方法。」

「店長是說我們的思考方向錯了嗎？」福來鼓起臉頰。

「我不是這個意思。」茶畑連忙搖頭。「只是如果從動機思考得不順利，從別的方向下手也是一種辦法。」

「前言就不用多說了。」歌村不耐煩地催促：「所以說，是誰做的？」

「在這之前，以防萬一，我想確認兩件事——二宮先生。」

「是，有什麼問題嗎？」二宮吃驚地做出反應。

「裝著十萬圓的信封，和原本的信封十分相似，沒錯吧？」

「對，就是普通的白色信封。」

「您把信封放進抽屜，似乎是買桌子不久後的事情。從買桌子到開派對的這段期間，有人到過府上嗎？」

二宮搖了搖頭。

「那麼，應該沒人在派對前見過那個信封，是嗎？」

二宮一臉困惑地點頭。

「果然如此，謝謝您的回答。」茶畑低頭致謝。

「請問信封怎麼了嗎？」

「關於信封，有幾處不可思議的地方。」茶畑回答。「犯人究竟是怎麼準備好，和原本信封相似的替代品呢？」

我們露出茫然不解的樣子。

「信封這種東西，形狀和大小都大同小異。儘管如此，在顏色、尺寸、紙質、郵遞區號欄的有無等方面，還是有許多版本差異，這些要素全都偶然一致的可能性相當低。也就是說，對原本的信封毫不知情的話，很難事先準備好相似的信封。」

茶畑再次搖頭。

「那麼犯人究竟在何時得以一窺原本的信封呢？既然派對前，沒人到府上拜訪，想來就只會是派對當天，或是在那之後。那麼犯人又是在什麼時候，有機會留下裝著十萬圓的信封呢？犯人若不是趁派對期間偷溜出去買信封，下手的機會就剩下隔天以後了。」

大家似乎一時之間都還無法理解，但沒過多久，臉上就紛紛露出理解的神色。

「二宮先生，請問有中途離開派對，又再回來的人嗎？」

「沒有。我雖然醉了，不過要是有人這麼做，我一定會記得。」

事情的走向終於逐漸明朗。這麼一來，犯人就是——

茶畑垂下眼簾，開口道出結論：「犯人極可能是派對隔天也在的人物，也就是結花小姐。」

二宮彷彿呻吟般地吐出一聲：「是結花——」

「如果要嚴密地探討各種可能性，其他客人是犯人的可能性也並非為零。派對當天帶來的信封，恰好和原本信封相仿的情形，也是可能發生的。只是一如先前所說，可能性恐怕相當低。」

啊啊——一聲感嘆從眾人口中溢出。

「她是在幫我收拾的時候，乘機留下信封嗎？」二宮茫然地喃喃說道。

「從信封切入的思考真是盲點。仔細一想，明明是很理所當然的想法。」福來不甘心地說道。「我們爲什麼沒注意到呢？」

「各位想必太過在意動機了。」茶畑回答。「我見各位在討論的過程遇到困難，才會試著從不同方向切入。」

「不過就算眞是如此，動機又是什麼？」歌村歪頭發問。「總不會是整人遊戲吧。」

「我有一個推測。」茶畑爲難地開口：「然而，內容恐怕會對人造成中傷，實在難以啓齒。」

在大家哀求般的視線圍攻之下，茶畑先以「請不要全盤相信」作爲開場白，才接著說了下去。

「澤村先生誇耀當年壞事的行爲，引起我的注意。」

在座眾人面面相覷。

「過去是過去，並不會直接代表現今的爲人。然而，根據二宮先生描述，澤村先生並不爲過去悔恨。這樣的人若在因緣巧合之下，進了辦公室瞧瞧，並在打開抽屜後注意到信封的內容物，一時興起——畢竟人在喝醉的時候，比較容易衝動行事。」

二宮的嘴巴張得老大。「你是說，是龍一偷的嗎？」

茶畑垂下頭致歉：「懷疑您的友人，實在非常抱歉。」

「不，那傢伙很可能會因爲惡作劇而做出這種事。不過結花爲什麼扯上關係？」

「我想接下來應該發生了這樣的事情。」

茶畑回應。

「在抽屜中發現裝著錢的信封時，澤村先生視此爲良機，把信封收進自己的口袋。派對結束，澤村先生拉著結花小姐等人離開的時候，似乎表示續攤的錢由他出。他會如此大方，或許是有了臨時收入的關係。他可能是對一起續攤的人們說『我拿了一點零用錢』，向大家展示信封的內容物，並說出自己做的事情。」

「自己說自己幹的壞事嗎？」福來揚聲發問。

「根據我在吧檯後聽到的客人言談——」茶畑小小地嘆口氣。「我發現確實有人喜歡炫耀自己做的壞事。照理來說，壞事應該唯恐被人知道才對，但也有人會爲了誇示自己的英勇而昭告天下。」

啊！眾人異口同聲地發出感嘆。

沒錯，我們不久前才有過類似談話。

「結花小姐聞言吃了一驚。雖說是老交情了，又是在酒精的影響下，不過竟然會去偷交往對象哥哥的錢，簡直不知道男朋友到底在想什麼。不過就算她要求澤村先生把錢放回去，澤村先生也不肯答應。於是結花小姐放棄說服任性的戀人，無可奈何地決定自己偷偷還錢。」

「到這邊我還懂，」福來開口插嘴：「聽到結花小姐是犯人，我也思考過到這邊爲止的部分。可是五萬三千圓爲什麼搖身一變，變成十萬圓？」

「大概是稍微加料了吧。」

茶畑的回應讓我們一臉呆愣。加料是指？

「有些人會誇大其辭，吹噓自身戰果。以人的心理而言，把話說得比實際還要誇張，並不是少見的行爲。」

「啊。」大家第三次發出聲音。

沒錯，伊佐山不也說過了嗎？提起當年勇的時候，總會想加油添醋。

福來不也說過自己天天努力反抗，結果其實出席率接近全勤。

澤村也浮報了在高中時代偷的機車數量——

「也就是說，澤村說自己偷的金額，其實比實際偷的還多囉。」歌村說道。

「是的。五萬三千圓這個金額不上不下。要拿來炫耀擺闊的金額，還是十萬圓比較合適。結果結花小姐就這樣聽信了這個金額。」

茶畑搖了搖頭。

「結花小姐大概是等銀行開門，拿到了十萬圓的新鈔。她假裝幫忙收拾廚具和打掃，再次回到二宮先生家，乘機把裝著十萬元的信封塞進抽屜裡。她會知道原本的鈔票是乾淨的新鈔，可能是因爲看過澤村先生手上的實物，或是付帳的時候觀察到的。不巧的是，她無法從澤村先生手上拿回原本的信封，無奈之下，只好拿外觀印象相近的信封代替——龍一先生在偷錢的時候，可能因爲喝醉了，就這樣開著抽屜忘了關上。至少他應該沒把抽屜推到底，因此結花小姐才能成功把信封放進抽屜。不過由於結花小姐把抽屜推到底，這件事就迅速遭到察覺。」

二宮張大嘴巴，說不出話。

「就這樣，五萬三千圓搖身一變，變成了十萬圓。儘管不少部分都屬於想像，以上便是我對這次事件的看法。」

茶畑深深地低頭致意，爲這番話作結。

確實不少地方都屬於想像，不過各種難以解釋的現象，都因此得到了解答。

「店長的推理，想來是正確的。」

果不其然，二宮對這番推理感到信服，深深地嘆了一口氣。

「結花是那種喜歡當和事佬的類型，她大概想避免衝突，才背地裡費了這番工夫吧。考慮到她的這份心情，這件事我會放在心中，不再追究。」

席間一陣沉默。

「但今後我到底應該用什麼表情，與結花他們見面？」

這個問題顯然很難，就連茶畑也只能露出一臉爲難的表情。

這件事還有後續。

三週後，我和二宮會晤，討論新作的時候，二宮開口這麼說——

「說起來，結花和龍一分手了。」

我一時之間不知如何回答。二宮小聲地嘆氣，繼續說道：

「雖然她不肯告訴我詳細理由，不過一定是覺得沒辦法再奉陪下去。店長的推理果然正確。請代替我向大家問好，告訴大家：託大家的福，這下耿耿於懷的感覺都煙消雲散了。」

這樣就不會被其他事情干擾，可以專心寫作了。二宮這麼說。

後續之後還有後續。

過一陣子，我所負責的二宮第二部作品，再次得到好評，登上暢銷排行榜榜首。

我們在「Cozy Boys的聚會」上碰面，回想起茶畑的推理時，總會這麼說：「大概是解開謎團，化解了耿耿於懷心情的功勞吧。」

作者後記

像我這樣初出茅廬的作家，偶爾也會遇到這樣的問題：

「要怎麼樣才能得到靈感？」

不過這個問題實在非常困難。說到底，能搞清楚怎麼得到靈感的話，我也不會這麼辛苦了。儘管這麼說，被問到的話，還是得要回答。我拚命思考，擠出說明：「呃，散步或是泡澡的時候，比較容易有靈感。」連我自己都覺得答案普通到彷彿在哪裡聽過，而且一點也不有趣。對方也回以「哦……這樣啊」的反應，對話就這樣平淡無奇結束。這種情形時常發生，真是抱歉。嗯——到底該怎麼回答才好呢？

總之，我想到靈感的方法非常模糊，但相對地，想到好點子的瞬間，我會記得非常清楚。該怎麼說呢，就像按下相機快門一樣，周圍的情景會深深烙印在腦海中。

想到這部作品的靈感時，也是如此。

當時我在東京的某家咖啡連鎖店內，坐在高腳椅上，右手端著小杯的特調咖啡，左手拿著口袋書。當時快到中午，陽光照進店內，旁邊還有帶著小孩的家庭——這些細節我都能清晰地回想起來。我不太清楚要如何像這樣固定記憶，不過靈感和記憶——至少對我來說——具有相關關係。

「想到了！」

得到靈感的時候，對當時情境的記憶，大致上都會一併留在腦海中。（我反而好奇，其他人是否也有類似的體驗？）題材的好壞是很主觀的東西，好惡評價也容易受到靈感出爐的時間影響。對題材左右推敲，增添削減之後，往往就會開始搞不清楚題材究竟有趣，還是無聊。不過和記憶一起留在腦中的點子，通常評價都不錯，我也會偷偷拿這一點當作評估標準。

順帶一提，關於本作，想到靈感的契機非常明確，是我在讀佐野洋老師的系列短篇集《光之砂》的時候想到的。書中收錄了一篇某個公寓中的現金遭竊的謎團——讓我想到「如果錢反而增加呢？」成爲了本作的出發點。想到這個點子的瞬間，從謎底到登場人物，故事的梗概幾乎都已經想好了。

如果平常都是這樣，不知道該有多輕鬆……

順帶一提，《光之砂》是非常有趣的短篇集，描寫潛藏在日常生活中的小小事件與謎團。特別是帶來懸疑話語與精采解答的短篇〈爪子臉〉，請務必一讀。

最後，達許．漢密特（Dashiell Hammett）是確立冷硬派推理的先驅者。他出生於美國的馬里蘭州，換過不少份工作，最後在名爲平克頓偵探事務所的有名偵探事務所就職。他活用這份經驗創造出的故事們，催生出更多故事，爲冷硬派推理這個分類帶來繁盛光景。對社會陰暗角落的注視、強烈的暴力描寫、簡潔的文章、非現實的詭計與邏輯的缺席，這些漢密特的特色，與過往的解謎推理，可說是成爲反比。代表作有《血色的收穫》、《馬爾他之鷹》等。

鄉土史症候群之謎

談論舒逸推理的時候，絕對無法不提到書封的樂趣。

書封的樂趣指的便是以主角爲首，熟悉的系列作登場角色們，以逗趣可愛的筆觸，在封面上登場所帶來的樂趣。由於舒逸推理經常描寫吃喝場景，咖啡、甜點、麵包及濃湯等美味食物的插圖，不時也會出現在封面上，看著就令人開心——對了，可愛貓咪登場機率之高，想來也是讓其他類別的作品難以望其項背。貓咪眞的很可愛吧。

某個晴朗的午後，配著紅茶與蛋糕，我把剛買的嶄亮新書放到桌上，心情頓時飛揚了起來。舒逸推理小說輕快明亮的裝幀，總是讓我滿心愉悅。

儘管如此，宛如對比一般的復古驚悚書封，同樣令人心弦爲之觸動，這可說是人類的有趣之處。戰前偵探小說常見的詭譎森然裝幀，一樣在我的好球帶中。

——我在九月舉行的「Cozy Boys的聚會」上，做出了以上發言，結果便被這麼說：

「哦，所以夏川先生才會年紀輕輕，卻喜歡景浦巡的畫呀。」

作爲來賓的鶴屋仙一如此說道。

「Cozy Boys的聚會」是聚會主辦人兼同好雜誌《COZY》主編歌村由佳理、作家福來晶一、評論家兼舊書店店主伊佐山春嶽，以及一介編輯的在下夏川司等推理小說愛好者，縱情閒聊的聚會。我們這四人每個月一次，會聚集在荻窪的咖啡店「漫步」，偶爾還會邀請來賓與會。聚會的規則有二：盡情說作品壞話，只是不可說人的壞話，儘管後者的規定幾乎沒人遵守。

接下來應該還需要說明兩個人：鶴屋和景浦巡。

鶴屋是精通中央線沿線——特別是西側——歷史的在野鄉土史學家。他留著一頭及肩白髮，擁有彷若仙人的風貌，在社交媒體上的名字是鶴仙——他的生活樂趣是持續在部落格上，上傳老舊街道的照片及古老地圖。鶴屋從長年任職的貿易公司退休，目前似乎正過著悠然自在的生活。但對推理小說愛好者而言，鶴屋身爲畫家景浦巡收藏家的印象更強。

景浦巡是從戰後沒多久開始創作活動，一直持續到昭和尾聲的畫家。他的畫風前衛抽象，代表作有以人格分裂爲主題的《分身》系列等。帶著不祥氛圍的作畫主題，讓他的作品不時選爲古典推理小說的書封。只要是狂熱分子，應該都能說著「哦，那幅畫呀」，馬上想起他的作品。

同在席上的伊佐山透過收藏與鶴屋交好，今天邀請鶴屋參加聚會也是因爲這層關係。

「景浦巡的作品實在很棒。哪天請務必讓我拜見鶴屋先生的收藏——不是照片，而是實體畫作。」我應聲回答。

我所說的是鶴屋擁有的景浦相關收藏。他的收藏以個人來說相當驚人，從初期的人物畫，到確立畫風的中期後作品，甚至連晚年小品及素描都有，據說總共十幾幅之多。其中更以《分身》系列的完結之作《幻影》——畫布尺寸達一公尺的四十號的大作——爲景浦代表作，是鶴屋收藏之中的亮點。除此之外，就連景浦擔當書封的幾十本書籍也在鶴屋的收藏之列。

「等等，這根本是美術展等級了吧。」

福來如此評論。在聊到裝幀前，鶴屋在大家的要求下，給大家看了展示在書房中的收藏照片，光看就感嘆不已。就連能容納下這些收藏的寬敞書房，不論是沉穩雅致的擺設，或是高度直通天花板的書櫃，看起來都愜意怡人，令人豔羨。只是透過照片欣賞的《幻影》還是稍嫌欠缺魄力，可以的話，眞想親眼看看——

鶴屋笑著頷首。「請務必到府上來玩。我還以爲景浦是已被世人遺忘的畫家，沒想到還有這麼年輕的愛好者，眞是令人開心。」

快三十歲還被說是年輕人，有點坐立難安。不過能讓對方高興，我也感到開心。

「哎，現在的年輕人面對老舊的東西，不會想去譏笑，眞是令人高興。最近杉並的鄉土史似乎在年輕人間也頗爲熱門。」

「這樣啊。」

我話說到一半，忍不住偏了偏頭。鄉土史很熱門？

覺得奇怪的顯然不只我一人，歌村也從紅茶杯抬起頭，發出疑問：「鄉土史嗎？」

「是呀，從上個月開始，陸續有年輕人來拜訪，想聽我講解鄉土史。」鶴屋回答。

「福來老師有什麼頭緒嗎？作家的話，感覺對年輕人比較清楚。」

突然被問到的福來，瞪大黑框眼鏡後方的眼睛，陷入思索，但隨即舉白旗投降。

「不，恕我孤陋寡聞，我不太清楚。」

「哎，沒用沒用，問福來兄，就像向浦島太郎打聽時事新聞。」

伊佐山瞇起本就像一條縫的眼睛，咧嘴搖了搖頭。

「他的小說堅持老派作風，這點沒什麼不好，但和當今時勢八竿子打不著。」

伊佐山和福來儘管一是評論家，一是小說家，但兩人是在同一家出版社出道，而且伊佐山出道得比較早，導致伊佐山對福來說話挺不客氣。

福來瞪著身爲前輩的評論家。

「我可不想被春兄說，竟然到現在還有人用傳眞機處理公事。」

「哎呀，別吵架了。」

歌村介入勸架。她今天也穿著喜愛的樂團T恤，配上古著牛仔褲，一身打扮在我們之中顯得最爲青春。

「最年輕的司小弟，怎麼樣？最近年輕人之間有什麼鄉土史熱潮嗎？」

「我這還是第一次聽到。」

「杉並區成爲年輕人的熱門地點，熟知歷史成爲潮指標之類。」

「聽都沒聽過。」

店長茶畑此時悄無聲息地出現，撤下鶴屋喝完的茶壺和茶杯後，俐落地換上方才點的大吉嶺紅茶。他今天也是頂著清爽的光頭，一身正式西裝背心的打扮毫無半分破綻。隨著橙色液體注入杯中，芬芳的香氣蒸騰而起，令人心旌蕩漾地撩動鼻尖。

茶畑——有人說他曾經是一流飯店的門房，也有人說：不，其實他是某戶門第世家的管家。茶畑身上圍繞著許多諸如此類煞有介事的謠言，可說是謎一般的人物。他的年齡約莫五十多歲，但實際歲數不明。沒人知道他姓氏以外的名字。他總是冷靜沉著，身形宛如杉樹一般挺拔凜然。

「眞是賞心悅目。」

說不定會有粉絲對他彷彿名刹高僧的風姿，發出這樣的讚嘆聲。面對這樣的店長，福來開口問道：

「店長的話，說不定會知道？」

爲眾人的水杯添水，茶畑抬起臉，搖了搖頭。

「很遺憾，我也沒聽過類似傳聞。」

「這樣嗎。」

福來雙肩一垮，隨即轉向鶴屋。

「想聽鄉土史的講解，是類似獨立雜誌的訪談嗎？」

「不，不是那種的。其實是孫女介紹的。」

「哦，是實咲小姐呀。」伊佐山回應。「我記得她去年開始上美術大學。」

「是呀，美大是沒什麼不好。」鶴屋將杯子端到嘴邊，帶著苦笑說道：「她說沒辦法從山梨通學，就跑到我這裡來。」

聽鶴屋的解釋，他兒子夫婦住在山梨縣，孫女實咲去年考上T美術大學。然而從山梨通學太過困難，搬出來自己住的開銷又太大。幸好鶴屋家就在東京都的X市，她便搬過來，住進鶴屋家。

「我可頭疼了。她在房間擺著畫架和畫布，整天都在塗塗抹抹。身上老是東髒一塊、西髒一塊，整身都是松節油味。」

「不過能夠應屆考上，眞是厲害。」伊佐山說道。「想來很有才華吧。」

「難說喔。」鶴屋露出苦笑回應：「說起現在的T美呀，我在去年的校慶看了一下，大家都不是什麼大器，缺乏景浦的才氣。」

鶴屋嘴巴這麼說，但似乎挺高興。說起來，景浦巡好像也是T美術大學畢業的。

「總之，根據實咲的說法，大學中有學姊對杉並歷史感興趣，她便講起我的事情，結果對方表示『請務必幫忙引薦』。我就告訴她，對方不嫌棄的話，我很歡迎。」

「美大生對鄉土史感興趣呀。」歌村歪了歪頭。「眼下還看不出有什麼關聯，會是學校作業嗎？」

「不，好像純粹是興趣。她說之前的自己實在太過無知。」

「最近的年輕人可眞認眞。」

雖然伊佐山這麼說，我卻開始覺得不太對勁。我雖然沒打算以年輕人自居，不過現在的大學生，會對鄉土史抱持這麼大的熱情嗎？

「總覺得有點不可思議。」福來也歪著頭說道：「我也好奇起詳細狀況了。如果眞有這樣的熱潮，我身爲作家，也應該了解一下。」

「鶴屋先生，能說給他聽聽嗎？」伊佐山也幫腔：「福來兄一年到頭苦無靈感，一聽到不可思議的事情，就無法置之不理。」

「眞失禮，我才沒有爲靈感煩惱。」儘管福來如此抗議，但從他虛弱的語氣聽來雖不中亦不遠矣。

「呃，我是無妨。」

鶴屋再次端起大吉嶺紅茶，潤了潤喉，開始娓娓道來。

「當時是八月中，天氣還很炎熱。我一如往常在書房寫東西，實咲就來跟我這麼說：

『我有一位青木學姊，她是杉並區當地的人，最近開始對鄉土史感興趣。我跟她說了爺爺的事情，結果學姊說務必想和爺爺見面一聊。』我回問她：『見我？』實咲就回答我：『對，她是繪畫科的學姊，你不記得在校慶上展示的畫嗎？看樣子不行呀。』」

鶴屋搖了搖頭。

「不管怎樣，對方看來不是什麼奇怪的人，實咲也不停勸我：『你都一直窩在家裡，就當作出門運動嘛。有人願意聽自己講話的話，爺爺應該也很開心吧。』聽她這麼說，我就表示對方不嫌棄的話，我答應見面。指定的地點是在X車站前的咖啡店，我到了店裡一看，發現一位看起來很認真的女孩子坐在那裡。」

「雖說如此，T美的學生的話，果然應該還是個怪人吧。」

福來用半帶期待的口氣這麼道。他大概想著就是人很怪，才會對鄉土史感興趣。

然而，鶴屋搖了搖頭。

「不，我多少認識幾位畫圖的人，見面前也算有心理準備了。即使是實咲，她也老穿著同樣衣服，臉或手總沾著顏料。我想對方一定也是這樣有點古怪的學生。結果很普通。」

「哦——」

「她是個畫著淡妝，穿素色白襯衫，留著黑髮的女孩子——說起來只要穿上套裝，就能直接面試了。她一看到我就立刻站起來，有禮地打招呼：『今天撥冗前來，實在非常感謝。』甚至還帶著羊羹當見面禮。」

鶴屋盤著雙手，自顧自地點頭。

「因爲這個緣故，她給我的第一印象是穩重踏實。講起話很爽快，又有一雙黑白分明的大眼，在大學一定很受歡迎。同樣是美術大學的學生，和實咲可說是天差地遠。」

「哦——鶴屋先生有問對方，爲什麼對鄉土史感興趣嗎？」

「嗯，如同先前所說，她得對自己出生長大的土地太過無知。」

無懈可擊的回答。

「具體來說，是關於哪方面的知識不足？」伊佐山插嘴。「鄉土史應該分許多主題。」

「我只能說整體吧，土地來歷、文化、環境。」

「這些全部嗎？」

「嗯，我是從來歷開始說。」

鶴屋的眼神陡然放出光芒。

「這片土地的歷史相當悠久，從繩文時代就已經有聚落出現。不過要從那邊開始講，就會講得沒完沒了。從有文獻記載的部分開始講的話，可以在《續日本紀》中找到一個叫乘潴，也就是現今的天沼——太宰治居住的城鎮——名字由來的地名。不過也有說法，推測這個地名是念『NORINUMA』，指練馬（NERIMA）一帶。」

「哦，眞是上了一課。」

福來表情曖昧地回應。

「到了中近世，此地在歷經阿佐谷氏、北条氏的統治之後，成爲了德川家的鷹獵場。發展成住宅區，則是到了明治時代以後，人口在關東大地震後一口氣增加了。文人開始聚集於此，也是在這個時期。比較有名的人應該要屬太宰治和與謝野晶子吧。再來就是井伏鱒二的《荻窪風土記》，對了。還有音樂評論家的先驅大田黑元雄也不能不提。」

鶴屋滔滔不絕地講解。

眞是饒富興味。不過儘管饒富興味，聽著就會讓人墜入夢鄉也是不爭的事實。至少我並不認爲這番講解，是能讓年輕人熱血沸騰的資訊。

「一方面，杉並區中，荻窪周邊也開始以陸軍士官及政治家的城鎮發展起來。你們知道荻外莊公園嗎？那裡原本是近衛文麿的宅邸。大概也是環境不錯，戰後作爲住宅區，杉並發展得更加蓬勃。原氫爆禁止運動的起點也是在杉並。後來阿佐谷開始以爵士街，荻窪則是以動畫街爲人所知，直到現在——大略說明一下，就是這樣。」

「呃，剛才是簡略版嗎？」福來依舊掛著難以名狀的表情。

「我對青木同學說的，是剛才內容的十倍。」

「嗯——恕我失禮，不過聽起來實在不太適合現在的年輕人。」

「可是她很熱情喔。」鶴屋回應。「在我說完後，她還問了各種問題。她看起來不是事先準備好問題，所以問的時候有點手忙腳亂。不過橫豎這也不是專業的訪談就是。」

「怎麼樣的問題？」

「什麼時候開始決定走這條路？要學習相關知識，推薦什麼書？鷹獵用的老鷹是怎麼培育的？地名的由來是否有可信度？之類的問題。她的問題愈問愈細，老實說，有些問題我也無法馬上回答。我們大約就這樣談了三小時吧。」

我們聞言面面相覷。對方可真是一位充滿熱忱的年輕人。

歌村開口詢問：「請問能聽聽關於第二位的事情嗎？」

「他也是透過實咲介紹來的。」鶴屋回答。「過了一陣子，我從一位山澤同學那裡收到了郵件：『前略，請恕我唐突來信。我是T美大的山澤誠彌，從令孫女實咲那裡問到您的聯絡方式，冒昧寫了這封信。我出生於杉並區，對鄉土史很有興趣。不知能否聽聽您的看法？如您能撥冗前來，於下週後您方便的時間，地點在X車站前的咖啡簡餐店——』大致上是這樣內容的郵件，嚇了我一跳。」

「很可疑啊。」伊佐山擔憂地詢問：「恕我失禮，不過這該不會是來推銷畫作或要你買壺，或邀請你加入老鼠會的？」

「哈哈，我明白你的想法。」鶴屋笑了。「我當初也很戒備，不過當我一問實咲，她就眼睛一亮，激動地說：『他是繪畫科的大前輩，很厲害，絕對不是什麼可疑分子。』我有點猶豫，但只拒絕他也有點奇怪，還是答應會面了。」

「對方是個怎麼樣的人？果然是個古怪的——」

鶴屋截斷福來的問句：「是個很普通的人。」

「他沒豎著一頭像刺蝟的頭髮，或是把頭髮染得五顏六色嗎？」

「沒有。」

「他會不會說一些意義不明的自言自語？」

「不會。」

鶴屋一一否定了福來對美大生充滿偏見的提問。

「我也抱著先入爲主的觀念，所以來到指定的咖啡簡餐店，就開始找感覺接近的年輕人，結果模樣最老實的才是山澤同學。他乍看有點纖細，不過實際一聊，就會發現他講話乾脆俐落。他也是個沉穩可靠的人，筆直地站著跟我打招呼：『大熱天的，勞駕您了。』眞希望實咲也能向他學習。」

「你們聊了些什麼？」

「和青木同學一樣，聊了土地的來歷、文化、環境。他是個瘋狂問問題的好奇寶寶。」

「他也是嗎？」

「嗯，他可熱心了。我拿出帶去的資料，他就開始問這是什麼，那又是什麼。因爲他實在太過熱心，我就問他『我複製一份給你吧？』，他吃了一驚，說著『這樣太不好意思了』，堅持不用。現在的年輕人眞客氣。」

「嗯——我聽明白了。」福來點點頭。「沒想到會有兩位年輕人都想學鄉土史。」

確實是充滿熱忱的年輕人們。我啜飲紅茶，一邊反芻剛才聽到的故事。

眞可疑。

太認眞，太正直了。

我才要說出口，就被鶴屋的話打斷。

「不，不只兩人，還有第三人。」

「咦？」我不禁發出聲音。

「實咲她也表示說有興趣。」

什麼？

「請說來聽聽。」歌村探出身子。

「會面隔天，我在吃早餐的時候，實咲起床了。我跟她說起『最近的年輕人眞積極，還特地安排會面場所』。實咲就說山澤同學很感動，我聽了自然也很高興，忍不住笑了起來。結果實咲突然一臉認眞，向我說：『也請教教我，爺爺，你今天應該有空吧。』哎呀，眞嚇了我一跳。其實我也沒她說的那麼閒，結果我就這樣陪她講了將近半天。」

「那可眞是流行得嚇人。」

福來空洞地回應，大概實在太過困惑。不過我能明白他的心情。

「總覺得比起鄉土史熱潮，更像是染上鄉土史症候群的感覺。」

這句話讓鶴屋笑了起來。「鄉土史症候群這個說法眞不錯。」

不過歌村顯然也覺得事有蹊蹺。「雖然有點失禮，不過實在很難就這樣照單全收。」

福來和伊佐山也跟著點頭。

「唔，你們這些年輕人這麼說的話，或許是有什麼不對勁。」

鶴屋露出傷腦筋的表情。

「不過不管有什麼內情，他們一起算計我這個老頭子，又有什麼好處？」

伊佐山開口：「會不會和作品題目有關？他們也許想以歷史爲主題。」

「不過，青木同學說過她對土地太過無知。」

「她可能只是不好意思說出作品的主旨。」伊佐山聳了聳肩。「畢竟大學生都是自我意識很強的生物嘛。」

「春兄，你那是偏見。」

福來插嘴指責，但他先前也說了充滿偏見的意見。

「那麼山澤同學也是以鄉土史當作品主題，還對此感到難為情嗎？不管怎麼說，這樣自我意識過剩的年輕人也太多了吧？」

伊佐山似乎也覺得有理，陷入了沉默。

「會不會是就職活動？」歌村提出意見。「像是志工，年輕人會參與正經的活動，多半都別有所圖。」

「清楚當地歷史，會對就職活動有幫助嗎？」福來詢問。

「你覺得呢，阿司？」歌村看向我。不過就算問我關於年輕人的事，我也苦於回答。

「我是沒聽過類似的事情。」

操作手機的伊佐山也搖了搖頭。「搜尋也找不到。」

「那就不是了啊。」歌村放棄。「小福來有什麼想法嗎？」

「從我推理作家的觀點來看，這是一場詐欺。」福來帶著自信回答。

「剛才不也說不是了嗎？沒叫人買畫，也沒要人買壺。」

「不，說不定計畫還在途中。」伴隨著懸疑發言，福來轉向鶴屋。「這會不會是某種測試呢？」

鶴屋露出不安的表情。

「我因爲工作，對詐欺挺有興趣。」福來用裝模作樣的語氣說道。「你知道在詐騙集團之間，會流傳一份詐騙被害者的名單嗎？」

鶴屋搖搖頭。

「遭騙經驗的有無，對詐欺師而言，是非常有價值的情報。他們能藉此判斷對方是否是容易上鉤的肥羊。」

我並不是說鶴屋是肥羊。福來一邊辯解，一邊說下去。

「不過目標不在名單上的話，該怎麼判斷對方是否容易上鉤呢？很簡單，只要試著進行別的詐欺就好。」

「你是說那個方法就是鄉土史嗎？」伊佐山詢問。

「沒錯，要讓人上鉤，最有效的方法，就是談論對方感興趣的話題。所以青木同學他們才會裝作對鄉土史有興趣的樣子，來接觸鶴屋先生。」

「你是在說那些孩子是詐欺師嗎？」鶴屋一臉不快地說道。「他們看起來可都沒半點惡意。到現在爲止，也沒向我推銷任何東西。」

「那是接下來的計畫。接下來可能會出現聲稱找到景浦巡習作的人，跑來接觸鶴屋先生。」

「你是說那就是詐欺。」

「想來會是這麼發展吧。」

席間迎來一陣沉默。

鶴屋緩緩低語。

「你是說實咲也是詐欺的共犯嗎？我自己這麼說不太準，但我自認沒讓她在生活上遇到什麼困難。」

「實咲小姐不一定是詐騙集團的同夥。她可能只是看到學長姊的舉動，也跟著對鄉土史產生興趣而已。」福來回答。「這可不是安慰話，畢竟要測試容不容易上鉤，只要試個兩次就夠了，沒必要試到第三次。」

鶴屋似乎鬆了一口氣。

然而歌村一臉狐疑。「這樣不是本末倒置嗎？」

「哪邊本末倒置？」

「詐欺師會訂定這麼不可靠的計畫嗎？不管怎麼說，如果在這樣的事情接連發生之後，又出現了帶來好消息的人，一定會讓人起疑心吧。」

「我也這麼覺得。」伊佐山也表示同意。「你的說法看似很有道理，但仔細一想就很奇怪。容易被騙，跟無法看穿贗品，應該是完全兩碼子事吧。」

「這類詐欺所需要的，不是只有贗品的好壞。」福來氣勢薄弱地反駁。「靠煞有介事的來歷來矇騙被害人，才是重點所在。」

「太牽強了。」伊佐山不禁苦笑。「而且你說測試只要試個兩次就夠，其實就連兩次都嫌太多，一次就很夠了吧。」

「那是因爲——只有一次會缺乏信心。」

然而就連歌村也對這番辯白歪頭。「有點牽強呢。」

遭到兩人否定，福來終於陷入沉默。

眾人發表過一輪意見，似乎都沒有其他想法，紛紛默不作聲地望向天花板，或是把玩喝空的茶杯。大家各自——

我突然靈光一閃。

「啊。」

歌村沒放過這聲感嘆詞。「你應該有什麼想法了。」

我的大腦全力運轉，驗證方才腦中閃過的想法：沒問題，沒有不合理的地方。

「說不定，我們的假設本身就是錯的。」

「哦，眞是有趣。」歌村回應。「哪邊錯了呢？」

其他人也探出身子。

「年輕人們爲什麼接二連三對杉並的鄉土史產生興趣？」我環視眾人，緩緩說道：

「我們是這樣理解這次的謎團。」

大家紛紛點了點頭。

「然而以此爲前提的話，就會誤判謎團的眞實樣貌。」

「你從剛才開始就講得很含糊。」歌村不以爲然。「到底是哪邊錯了？」

「也就是年輕人們的部分。」我開口解釋：「這個說法讓我們在下意識之中，把三人劃在一起，而不是視爲個人對待。」

「我不是很懂。」福來回應。

「也就是說喔，三人的行動乍看完全相同，但各自都是出於不同理由。」

「你是說三人的動機不一樣嗎？」

福來詢問，我頷首回應：

「沒錯。雖然一部分是出自我的想像，不過我想一開始的青木同學，應該是眞的對鄉土史有興趣。儘管以現在的年輕人來說，確實很少見，但既然有幾百萬名學生，其中就算有人對鄉土史感興趣也不奇怪。」

「那倒也是，不過在有限範圍內，三人還是太多了。」

「所以說，那只是錯覺。」我用力搖了搖頭。「大家有過想吸引心儀對象的注意力，接觸不感興趣的電影或音樂的經驗嗎？」

「有是有啦。」福來才這麼回答，臉上立刻浮現恍然神色，雙手一拍。「你是說山澤同學也一樣，他其實想吸引青木同學的注意。」

「畢竟青木同學似乎是一位相當有魅力的人。」

「那位青木同學對鄉土史產生了興趣。」

「是的，山澤同學爲了和她有話聊，想跟著學鄉土史。」我看了大家一圈。「此舉又產生了新的反應——聽鶴屋先生的說法，實咲小姐似乎對山澤學長抱有憧憬。」

「看到崇拜的學長這麼做，於是自己也想效法。」

「沒錯，不覺得這樣就說得通了嗎？三人就像這樣，因爲各自不同的理由行動，結果就像鄉土史熱門了起來。」

鶴屋嘴上說著：「哦，原來實咲她……」福來和伊佐山也點著頭，說原來如此。

然而，唯獨歌村難以接受似地歪著腦袋。

「嗯——實咲小姐的話，也就算了。」

「有什麼問題嗎？」

「山澤同學的話，他根本不需要特地來問鶴屋先生吧？不論找誰問，歷史都不會變，他大可去圖書館或上網查。」

確實如此——推論被戳到痛處，但我馬上重振旗鼓。

「向同一個人問相同的事情，就能成爲兩人的共通體驗。要促進關係，共通體驗可是很重要的。」

「共通體驗啊。」福來從旁插嘴。「我不是不能理解，不過要是山澤同學對青木同學抱持好感，他直接問本人不是比較好嗎？」

「啊。」

眞是盲點，我頓時啞口無言。鶴屋跟著點頭說道：「確實沒錯。比起聽我這種老頭子講古，問她應該比較好。」

「說起來，山澤同學是否對青木同學抱持好感，這點還是個問題。」歌村一邊點頭，一邊轉向鶴屋發問：「您和山澤同學相處的時候，他曾經提起青木同學的事情嗎？就我剛才所聽，似乎沒這回事。」

鶴屋點了點頭。「嗯，是沒提到。」

歌村看向我。「如果要接近喜歡的女孩子，一般不是會問她談過什麼嗎？」

「他可能不想被人察覺對青木同學的好感，所以刻意按捺。」

「又是自我意識過剩的學生？」

歌村吐槽道。鶴屋也一臉抱歉地給予致命一擊。

「其實我主動向山澤同學提過青木同學的事情。我問他認不認識她，兩人是不是朋友，不過他沒有反應。我雖然是快踏進棺材的老頭子，但還認得出浪漫的氣息。在我看來，我不覺得山澤同學對她有情愫。」

我沉進椅子中。

「大家似乎沒有更多點子了。」鶴屋搖頭說道。「不過現實也不會像小說那樣曲折，謎團就繼續成謎，沒什麼不好。我們差不多換下一個話題——」

「請等一下，」歌村出聲制止。「要放棄還為時過早。」

鶴屋偏過頭，發出疑問：「還有什麼想法嗎？」

「有人對於解開這類謎團，十分在行。」歌村看向吧檯。「店長，你有沒有頭緒？」

正在洗東西的茶畑將杯子放在一旁，深深低下頭。

「眞是抱歉，我在一旁聽到了各位的談話。」

「不，那倒是無所謂。」鶴屋困惑地望向我們。

「店長他呀，是一位名偵探來著。」

「喔。」

鶴屋更是顯得疑惑。被稱為名偵探的人，也一臉為難地搖了搖頭。

「快請別這麼說。至今為止的事情，實在都只是巧合。」

「謙虛過頭會變嘲諷喔。」歌村毫不退縮。「都認識這麼久了，你是不是想到什麼，看你的臉就知道了。」

歌村自信斷定，福來他們也連連點頭。

果不其然，茶畑端整的臉龐浮現動搖的神色。這位店長獨獨說謊，不在他拿手的範圍內。茶畑沐浴在眾人的視線攻勢之下，沒過多久就嘆了一口氣，同時開口。

「事情說來實在敏感，還請大家聽聽就好，不要全盤當真。」

我們迫不及待似地探出身子。只見茶畑轉向鶴屋。

「能否容我請教幾件事？」

「您每日採買怎麼解決呢？」

「喔，請講。」

採買？

完全猜不到茶畑提問的意圖。

鶴屋皺起眉頭，但還是回答：「現在是實咲負責採買。」

「採買是由實咲小姐負責呀。」

「畢竟兒子和兒媳叫我不要太寵她。我提供住處，但相對地，打掃和採買就由她負責，料理則各自負擔一半，這就是同住的條件。雖然課業太忙的時候，我也會幫忙。」

多虧於此，我現在幾乎不太出門，鶴屋說道。

茶畑點了點頭，繼續發問。

「那麼，由鶴屋先生自己出門採買的時候，您多半都去哪裡呢？」

問題愈來愈莫名其妙，就連鶴屋回答時，也不禁連連眨眼。

「呃，都是去附近的超市，或是便利超商。走路五分鐘就到，東西也大致齊全，沒什麼不便。」

「從您府上到車站，距離大約多遠呢？」

「呃，走路二十分鐘左右吧。」

「原來如此——那麼最後一個問題：實咲小姐似乎在房間內也會執筆作畫，請問怎麼處理換氣問題呢？」

「換氣是指空氣流動嗎？」更加困惑的鶴屋答道：「主要是靠循環扇。到時會打開實咲從山梨帶來的循環扇，讓循環扇馬力全開運轉，還會一併出動空氣清淨機。最近的機械性能好，這樣就能讓空氣煥然一新，只是驚人的電費是個問題——這又怎麼了嗎？」

「非常感謝。」茶畑深深低頭行禮之後，轉向我們。「已經看得到解決的曙光了。」

「眞的嗎？」

「是的，只是可能不太令人愉快。」

「什麼？眞是嚇人吶。」

雖然鶴屋半開玩笑地這麼說，我們之間卻升起緊張的情緒。茶畑究竟得出了怎麼樣的結論——

「我在意年輕人們的舉動。」茶畑說道。「周到有禮的年輕人，在某一件事上，卻都採取了令人難以理解的行爲。這一點令我在意。」

「有什麼不自然的地方嗎？」

「您說過，您和青木同學是在X車站前的咖啡店見面，和山澤同學也同樣是在X車站前的咖啡簡餐店見面。」茶畑搖了搖頭。「然而，眞的貼心著想的話，應該要到會面對象的府上拜訪才對。」

啊，我們不禁短促地喊出來。

「當然，如果不想邀請對方到自家來，也是有請對方到自家附近咖啡店解決的方案。不如說，這麼做的人應該不少吧。不過站在向前輩請教的立場，以禮數上來說，應該要先提出到府上拜訪才對。然而，這些禮貌周到的年輕人們，兩人卻都沒這麼說，更別說還是在天氣炎熱的仲夏。」

我不禁連連點頭，茶畑說的很有道理。

雖然每個編輯應該都有不同做法，不過至少我要訪談作者的話，我會先詢問見面是要由我到作者家中拜訪，還是在作者住處附近見面。特別是訪談對象是年紀大的長輩的話，外出也可能造成對方負擔。

「他們兩人的確一開始就主動指定了見面的店家。」

鶴屋喃喃說道。

「當然，即使是再周到的人，也會有輕忽疏漏的時候。只是兩人都是如此，就不像是偶然爲之，而像是刻意的操作了。那麼，兩人把鶴屋先生叫到店裡來，究竟有什麼意圖呢？」

只要看到結果，就能立刻明白，茶畑這麼接著說道。

「前往指定的店家，也就是要外出。讓鶴屋先生離開家中，就是他們的目的。」

啊——從眾人口中冒出不成話語的聲音。

「你是說，這麼做是爲了把我引誘出門？」

鶴屋用嘶啞的嗓音詢問。

「是的，有幾點根據讓我這麼想。」

茶畑回答。

「首先是實咲小姐熱心勸您外出一事。如果她這麼做，是爲了讓您離開家中，事情就說得通了。要求您講解鄉土史的兩人殷勤有禮，也是怕惹您不悅，讓您早早離席回家。此外，行事有條有理的青木同學，在提問時卻顯得手忙腳亂，可能是因爲談話比預想還早結束，她急忙思考問題，想拖延時間的緣故。」

鶴屋發出一陣低吟。

「也就是說，他們三人是一夥的。」伊佐山一邊擔心地看向鶴屋，同時說道。「我不明白他們讓鶴屋先生離開家中的目的是什麼。」

「我想應該不是值得誇獎的目的。」茶畑也一邊看向鶴屋，一邊解釋：「鶴屋先生在家就辦不到，還爲此花費這麼大工夫的話，首先能想到的就是竊盜。」

鶴屋露出驚愕的表情。「但沒有任何東西被偷啊。」

「再進一步猜測的話，我記得鶴屋先生擁有相當出色的收藏。」茶畑說道。「其中又以《幻影》爲景浦這位畫家的代表作。以我而言，會先關心這幅作品的安危。」

「可是《幻影》安然無恙啊，」鶴屋看著我們反駁。「各位剛才也看到《幻影》的照片了吧，它還好端端在書房——」

「臨摹仿畫。」茶畑回答。「如果是技術高明的美術大學學生，畫出乍看十分相似的作品，應該並非不可能——鶴屋先生，您最近仔細觀賞過《幻影》嗎？」

「不，沒有。」

「《幻影》被掉包了？」福來詢問。

「有此疑慮。」

事情眞是不得了了。

「不過店長，就算說要和臨摹的仿作掉包，又要怎麼做？」

鶴屋質疑。

「技巧高竿的美大生的話，看著畫冊或照片，自然能畫出一定程度的仿作。不過油畫的話，不實際看到作品是很困難的。油畫可是有近距離下才能感受到的質感，光看照片無法理解顏料起伏，以及微妙的色彩變化。」

「我想正是因爲如此，他們才讓鶴屋先生離開家裡。」茶畑頷首回應。「爲了在鶴屋先生的視線之外，詳細觀察《幻影》。」

「啊。」

「正如您所說，油畫難以僅憑照片臨摹。不只油彩的厚度，就連色彩，也需要觀察畫作在展示的位置下呈現出什麼樣的顏色才行。僅靠著照片，是無法做到這些的。此外，印出來的照片也會有色差。如此一來，窩在書房不出的鶴屋先生，就會成爲阻礙。」

鶴屋一臉茫然。

「您告訴山澤同學可以複印資料給他時，他似乎相當吃驚。我想這並不是因爲客氣，而是因爲他正在籌劃用複製品掉包畫作，聽到複製一詞，讓他有了神經質的反應。」

「啊。」我們再次發出聲音。

「按照順序的話，我想他們的計畫應該是這樣的——青木同學他們得知《幻影》的存在，想到了用仿作掉包的計畫。山澤同學似乎是技巧高明的畫家，應該就是由他負責臨摹仿畫。不過光有技巧也沒用，首先還得好好觀察作品才行。然而鶴屋先生一直待在畫作所在的書房中，三人才想出了把鶴屋先生誘出家門的計畫。」

歌村舉起手。

「不用訂定這麼迂迴曲折的計畫，只要趁鶴屋先生不在的時候去看，不就好了嗎？」

「但是事實上，這點相當困難。」茶畑搖了搖頭。「首先，正如我方才所問，日常採買基本上是由實咲小姐負責，鶴屋先生不太外出。再來，依照鶴屋先生對我第二個問題的回答，即使他偶爾外出購物，也是到步行距離五分鐘的超市或便利超商。即便買東西再怎麼悠哉，時間應該也在一小時以內，難以說是充足的時間。」

「原來如此，所以店長才會問從住家到車站的距離。」歌村說道。「是為了知道距離是否遠得足以爭取時間。」

原來如此，店長先前的提問，原來有這樣的用意。

茶畑點頭，繼續說下去。

「實咲小姐的工作是為仿畫者引路。她趁鶴屋先生外出的時候，讓等在附近的山澤同學進入屋內。兩人把畫布搬到書房，進行臨摹。」當然周圍會事先鋪上墊子等，做好顏料濺落的對策，茶畑這麼補充。

「兩小時多的時間，足夠讓他們臨摹嗎？」福來疑問。

「先參考照片，畫到一定程度，然後在現場進行最終完稿的話，我想是可能的。包括顏料的質感等，不看著實際作品就無法得知的環節並非那麼多。」茶畑解釋。「他們在書房進行的，只是最終階段的完稿。他們把未完成的仿作搬到《幻影》前，一邊比較兩者，一邊完成作品。」

「要搬運四十號的贗作，應該是大工程吧。」

「是的，過程中應該需要車輛。不過，對畫具沒有堅持的話，畫筆等可以直接使用實咲小姐的用品。他們只要搬運畫布就好了。」

「在書房作畫的話，不會因爲顏料的味道而事蹟敗露嗎？」

「近來據說也有無臭的油畫畫用油。」茶畑回答。「此外，實咲小姐的循環扇似乎性能優秀，他們應該是連同空氣清淨機一起帶進書房，進行換氣。」

「所以你剛剛才會那麼問呀。」

「實咲小姐平時身上就有松節油的味道，就算多少留有氣味，想來也會因爲習以爲常就不以爲意吧。」

鶴屋點了點頭。

「不過事情往往不會如同計畫一般順遂。」茶畑說道。「他們實際一試，才發現仿作無法在短短時間內完成——青木同學想必相當焦急。鶴屋先生的講解即將來到尾聲，她卻遲遲沒收到臨摹完成的通知。她在無可奈何之下，只好擠出問題，想辦法拉長會面的時間。因此她才會顯得手忙腳亂。」

原來如此，鶴屋喃喃說道。

「就這樣，臨摹終於完成了，但他們還沒辦法就這樣直接掉包。因爲是油畫，必須等油彩乾才行。雖然只是我的想像，但仿畫應該是先移到實咲小姐的房間進行乾燥。這樣也比較輕鬆。」茶畑若無其事地說：「油彩乾了就大功告成，可以掉包了。」

鶴屋瞠目結舌。想來也不能怪他，畢竟他一直和《幻影》的仿畫待在同一個屋簷下。

「等一下，」福來歪著頭發問：「照這麼說，和青木同學見面的時候，目的就已經達成了。山澤同學在那之後，爲什麼還要聽鶴屋先生講解鄉土史？」

「我想應該是爲了搬入搬出畫作。」茶畑回答。「《幻影》長度高達一公尺，只靠實咲小姐一人掉包，應該相當吃力。畫作也無法直接放進口袋裡攜進攜出。就算想乘夜偷偷進行，過程中恐怕很難不發出聲響，鶴屋先生也可能意外醒來。比起冒這樣的風險，再次誘騙鶴屋先生離家還比較安全。」

原來如此，福來點頭。

「這一次就換山澤同學引誘鶴屋先生離開家中。剩下的兩人再乘機把書房的眞畫，掉包成藏在家中的贋作，把眞畫運到屋外。誘出鶴屋先生的任務，之所以沒交給青木同學，想來是爲了避免露餡。實際上對鄉土史毫無興趣的話，要再擠出話題，恐怕相當困難。就這一點，初次見面的山澤同學，即使問出和青木同學相同的問題也於事無礙。」

「咦，所以在這個時間點，計畫應該已經完成了吧。」歌村歪著頭發問：「那實咲小姐爲什麼也要纏著鶴屋先生聽鄉土史？」

「我想應該是煙幕彈。」茶畑回答。「記得鶴屋先生當時應該是向實咲小姐提起，最近的年輕人眞是積極，還特地安排會面的場所。鶴屋先生這麼講應該別無他意，但聽在掉包畫作的人耳中，可能覺得鶴屋先生捕捉到見面對談的眞正用意。爲了避免鶴屋先生察覺到目的，才在家中聽鶴屋先生講鄉土史。」

眾人發出一陣低吟。

「被偷的畫要怎麼辦呢？」歌村詢問。「我很難想像學生能接觸到非法管道。」

「我聽聞景浦巡有相當熱烈的愛好者。也許是這類愛好者接近實咲小姐，提出金錢作爲交換條件——」

茶畑說到這裡，低頭致歉。

「請恕我想像過於豐富了。儘管囉嗦，我還是要請大家剛才這番話聽聽就好，不要全盤當眞。」

「不，我覺得很合理。」鶴屋回應。「不過我零用錢也給了，她父母給的生活費應該也很足夠。難不成她是碰了什麼昂貴的消遣嗎？」

鶴屋彷彿要求答案的喃喃自語傳進耳中，不過就連茶畑似乎也無從回答，只是搖頭說道：「非常抱歉，這方面我也無法回答。」

沉默降臨席間。

「哎，眞是非常感謝。」

鶴屋緩慢地搖頭。

「我馬上就回去確認畫作。我得問問實咲，看事情是不是眞如店長所說。」

答案在這之後明朗了。

一個月後的聚會上，伊佐山說出「鶴屋先生的孫女坦白一切了」，我們也從他的口中，得知了事情之後的發展。

鶴屋後來確認《幻影》被掉包成贗作，向實咲逼問事情眞相。

茶畑的推理幾乎都正中靶心，也許是因爲所作所爲都被精準料中，讓實咲感到害怕，她非常乾脆地承認計畫，青木和山澤也帶著《幻影》一同來謝罪。

事情大致上都和茶畑想像的一樣。

青木等三人構思了臨摹《幻影》，進行掉包計畫。

一直窩在書房的鶴屋會造成阻礙，就由青木裝出對鄉土史有興趣的樣子，把鶴屋誘出家中。後來山澤跟著要求會面，是如同茶畑的推測，爲了確保搬入搬出畫作有充分時間。想出這些計畫的是青木，由山澤負責臨摹，實咲則從旁協助誘出鶴屋，這些也如同茶畑的推測。

不過三人犯案動機，就連茶畑也猜錯了。他們並不是爲了金錢，而是要回敬鶴屋。

鶴屋曾經抱怨過T美術大學的學生「沒有景浦的才氣」，這句話似乎透過實咲，傳到了青木他們耳中，讓他們心頭火起。

「既然如此，就算把景浦作品掉包成我們的畫，他應該也能靠才氣什麼的看穿吧。」

這樣的想法，轉變成「來試一下吧」，讓他們立定計畫，還進一步產生了將過程當成行爲藝術的想法。和畫作所有人在同一屋簷下，是否能臨摹仿畫並掉包——他們預定將全程拍下來，在校慶的時候分發印有QR碼的傳單。《幻影》預定在這個時候歸還。

「他們說自己沒有惡意，一臉毫不在意的樣子。先不管我會因此出醜，他們三個人中總該有人要意識到，自己的將來會受到負面影響吧。」

據說鶴屋如此慨歎。

「我自己也說得太過火了，沒打算把事情鬧到警局去。不過竊盜還是竊盜，我已經狠狠罵了他們一頓，和他們說好，叫他們下次不敢再犯。」

三人似乎也有稍微反省自己的惡作劇太過火。

「事情就是這樣。說穿了，就是創作者和評論家的尊嚴所惹出來的事情。」伊佐山畏縮地道出感想。這麼一說，他這次老樣子與福來起了口角，想來應該深有感觸。

「批評眞是伴隨著遭人怨恨的風險啊。」

人生眞難。

不過茶畑的推理一如往常優秀，我忍不住開口稱讚。

「是說店長，你光憑那一點資訊就能導出眞相，實在太厲害了。」

「只是剛好猜中而已。」茶畑回應。「而且我能想到掉包的可能性，還是多虧了夏川先生您。」

意料之外的回答，讓我嚇了一跳。

「我有做什麼事嗎？」

「您在看過收藏品的照片之後，不是說過希望哪一天能看看眞的《幻影》嗎？」

我確實這麼說過。

「照片中的《幻影》，一如字面意義，並非眞的《幻影》。就這層意義上來說，夏川先生在那個當下，已經相當接近眞相了。我只是剛好記得夏川先生的這番話，才會想到畫作並非眞品的可能性。」

說完之後，茶畑靦腆地搖了搖頭，轉身爲角落的桌子點單了。

作者後記

我從以前就對「○○○○症候群」的標題抱有憧憬，暗中希望總有一天也能爲自己的作品下這樣的標題。問起原因的話，自然是因爲這個標題很帥。

從當下浮現在我腦中的例子，舉出其中一小部分的話——逢坂剛的《克里維茨基症候群》、笠井潔的《伊底帕斯症候群》、貫井德郎《失蹤症候群》、理查德·尼利（Richard Neely）的《殺人症候群（*The Walter Syndrome*）》等，不論哪一個都很俐落，淨是些帥氣的名標題。症候群這個詞給人冷酷的印象，同時又給人彷彿眼前展開一片未知世界的神祕氛圍，實在是非常適合推理小說的詞。

話說回來，成爲本作基礎的點子，其實是我在很久之前想到的，只是我始終想不到該如何把這個點子打造成一個故事。這個點子就在我一直想不到如何合理發揮的情況下，好幾年來都一直收在我腦中角落。

我一有機會就會看看創作筆記上的備忘，不斷東試西試地反覆失敗，一年、兩年過去了，依舊沒能想到辦法——讓我半放棄地想著，也許這個點子就是不適合寫成小說。結果當我開始執筆《Cozy Boys》，過了一陣子，我在某一天突然福至心靈：

「等一下，把我從以前就很憧憬的『○○○○症候群』標題，跟這個點子結合起來的話呢？」

我至今爲止的煩惱就像騙人一般煙消雲散，故事順遂地逐漸成形，最後成爲這次的故事。我彷彿成功解決一直未能解決的難題作業一般，實在心情暢快。

本作也許未能匹及前面所說的各家傑作，希望本作能透過標題多少給大家感受神祕懸疑的氣氛，並帶來故事樂趣。

另外，本作中的來賓鶴屋仙一氏所說的杉並一帶歷史，參考了許多杉並區立鄉土博物館的展示資料，在此致上隆重謝意。我是在新冠疫情開始變嚴重的二〇二〇年八月初，造訪了博物館。雖然是在疫情期間，仍有幾位中高年的參觀民眾，前來博物館鑑賞展示品。鶴屋仙一氏的形象，便是從他們的印象集約而成的。

後記

拿起這本書的各位，有沒有「我從以前就特別愛看後記」這樣的人呢？其實我也是。我從開始迷上推理小說，還是小學生的時候，就對後記或解說之類，擁有與對本篇相等的喜愛。當時並不是處於像現在這樣，社群媒體或部落格理所當然地存在生活中的時代。因此能聽人談論推理的地方，大致上就只有後記或解說了，自然讓人感到飢渴。即使是現在，如果買的書沒有後記或解說，也會讓我有一種落寞，或是有點虧的感覺。

因爲這番緣故，後記在此。

讀到這裡的人或許會說「怎麼又是後記！」，畢竟收錄於本書的各篇作品，也都有各自的後記。作者評論竟然比作品篇數還多，對於後記愛好者的人們來說，想來是相當豪華的內容組成——我想爲此感到自豪。

本書收錄了刊載於二〇二一年春天不幸停刊的《Mysteries！》第九十九期（二〇二〇年二月刊）、第一〇四期（同年十二月刊）的第一話和第二話，再加上五篇新短篇。如同第二話的後記所說，本書是以艾薩克．艾西莫夫的《黑鰥夫俱樂部》（創元推理文庫出版）爲藍本，也就是所謂的安樂椅偵探故事集。不只是遵循「讓喜歡推理故事的業餘愛好者聚在一起，試著解開有人在聚會上提出的謎團」的形式，就連每篇都有後記的模式，也是效法「黑鰥夫」。

本書如此徹底向「黑鰥夫」致敬，其實並非一開始就有這樣的意圖。在我心中，本書其實是「Cozy Boys」此一標題下的連作短篇。

忘了是吉兒．邱吉爾，還是夏洛特．麥克勞德——總之是由外國作家所寫，被分類在「舒逸推理」的作品，讓我在讀完後，腦中不知爲何，忽然浮現「Cozy Boys」一詞。這個詞讓我難以忘懷，從此開始常常在腦內自問自答「Cozy Boys」到底何許人也：大概會是一群與舒逸推理有關的相關人士，但又會是怎麼樣的人們呢？

按照這個類別的特徵，最先令人聯想到的果然還是美味的紅茶、點心，或是料理（不少外國的舒逸推理小說，還會刊登作中登場料理的食譜）。這些要素不知不覺地，便以聯想遊戲的方式，連接到《黑鰥夫俱樂部》中出現的食物描寫，逐漸形成設定。

不論是所謂的舒逸推理或是《黑鰥夫俱樂部》，都有著共通特色，那就是愉快的談話、細緻的食物描寫，以及讀起來不會讓人感到沉重的故事。希望本書也能成爲一本輕鬆愉快的讀物。此外，如果有人對作中及後記提到的作品感興趣，產生想讀讀看的想法，對我來說便是無上的喜悅。

接下來是向讀完本書的讀者所做的說明。

讀完全部故事，或許有些讀者會不時歪頭發出一聲：「哦？」

其中一點是書中的季節變遷。上一篇還是隆冬的故事，下一篇就變成秋天，季節來來去去。這七篇的故事並不一定照著時間順序描寫，還請各位讀者諒解。

另外，雖然明明是現在的故事，作中人物卻沒有任何一人，提及二〇二一年世界最大危機的新型冠狀病毒肺炎。大家甚至還群聚在一起，口沫橫飛地進行議論，在疫情不斷擴散，不知何時才能緩解的情況下，顯得非常悠哉。這是因爲我在構想連作故事的時候，冠狀病毒還沒個影子，然而後來世界就在轉瞬之間變了樣，才會產生這樣的矛盾——請各位讀者理解成「Cozy Boys」的大家雖然生活在現代，卻是處在和我們有些不一樣的世界。話是這麼說，不過以這群人來說，說不定哪天就會一臉稀鬆平常地說出：「說起來，關於新冠啊——」

說起有些不一樣的世界，在第一話登場的中荻窪這個地名，是筆者揑造的架空地名。就算去荻窪找，也是找不到這麼一個地方的，還請留意！

這次本書能以光是看著就令人難以按捺心情，顯得愉快無比的裝幀問世，在此向繪製書封的オオタガキフミ老師致上謝意。（編註：此處指日本書封。）

另外，也乘機在此向責任編輯桂島浩輔先生，表達我最深切的感謝，謝謝桂島先生當初向我提議「要不要試著來寫輕鬆的故事？」，每次都要替我細心確認漏洞百出的稿子，實在非常感謝。此外，在我執筆期間，給我諸多寶貴建議的家人及朋友，以及拿起這本書的各位讀者，我也發自內心地感謝各位。

希望本書能爲各位帶來樂趣。

Cozy Boys：居酒屋消失之謎

原著書名／コージーボーイズ、あるいは消えた居酒屋の謎
作　者／笛吹太郎
翻　譯／鍾雨璇
責任編輯／詹凱婷
行　銷／徐慧芬
編輯總監／劉麗眞
總 經 理／陳逸瑛
榮譽社長／詹宏志
發 行 人／涂玉雲
出 版 社／獨步文化
城邦文化事業股份有限公司
104台北市中山區民生東路二段141號5樓
電話：(02) 2500-7696　傳眞：(02) 2500-1967
發　行／英屬蓋曼群島商家庭傳媒股份有限公司
城邦分公司
104 台北市中山區民生東路二段141號2樓
網址／www.cite.com.tw
讀者服務專線／(02) 2500-7718：2500-7719
服務時間／週一至週五：09：30～12：00　13：30～17：00
24小時傳眞服務／(02) 2500-1900：2500-1991
讀者服務信箱E-mail／service@readingclub.com.tw
劃撥帳號／19863813
戶名／書虫股份有限公司
香港發行所／城邦（香港）出版集團有限公司
香港灣仔駱克道193號1樓東超商業中心
電話／(852) 2508-6231　傳眞／(852) 2578-9337
E-mail／hkcite@biznetvigator.com
馬新發行所／城邦（馬新）出版集團
Cite (M) Sdn Bhd
41, Jalan Radin Anum, Bandar Baru Sri Petaling,
57000 Kuala Lumpur, Malaysia.
Tel: (603) 90578822
Fax:(603) 90576622
email:cite@cite.com.my
封面設計／蕭旭芳
插　畫／DreamQ
排　版／游淑萍
校對協力／許瀞云
印　刷／中原造像股份有限公司
●2023（民112）9月初版
售價360元

ISBN　9786267226704（平裝）
ISBN　9786267226728（EPUB）

國家圖書館出版品預行編目資料

Cozy Boys：居酒屋消失之謎／笛吹太郎著．–初版．– 台北市：獨步文化，城邦文化事業股份有限公司出版：英屬蓋曼群島商家庭傳媒股份有限公司城邦分公司，民112.09
面；公分

ISBN 9786267226704（平裝）
ISBN 9786267226728（EPUB）

861.57　　　　109005016

獨步文化 APEX PRESS

廣 告 回 函
北區郵政管理登記證
台北廣字第000791號
郵資已付，免貼郵票

104台北市民生東路二段 141 號 2 樓

英屬蓋曼群島商家庭傳媒股份有限公司
城邦分公司

請沿虛線對摺，謝謝！

獨步文化 APEX PRESS

書號：1UY043 **書名**：Cozy Boys：居酒屋消失之謎 **編碼**：

獨步文化
APEXPRESS

讀者回函卡

謝謝您購買我們出版的書籍！

請費心填寫此回函卡，我們將不定期寄上城邦集團最新的出版訊息。

姓名：________________ 性別：□男 □女

生日：西元________年________月________日

地址：________________________________

聯絡電話：________________ 傳真：________________

E-mail：________________________________

學歷：□ 1. 小學 □ 2. 國中 □ 3. 高中 □ 4. 大專 □ 5. 研究所以上

職業：□ 1. 學生 □ 2. 軍公教 □ 3. 服務 □ 4. 金融 □ 5. 製造 □ 6. 資訊

□ 7. 傳播 □ 8. 自由業 □ 9. 農漁牧 □ 10. 家管 □ 11. 退休

□ 12. 其他________________

您從何種方式得知本書消息？

□ 1. 書店 □ 2. 網路 □ 3. 報紙 □ 4. 雜誌 □ 5. 廣播 □ 6. 電視

□ 7. 親友推薦 □ 8. 其他________________

您通常以何種方式購書？

□ 1. 書店 □ 2. 網路 □ 3. 傳真訂購 □ 4. 郵局劃撥 □ 5. 其他

您喜歡閱讀哪些類別的書籍？

□ 1. 財經商業 □ 2. 自然科學 □ 3. 歷史 □ 4. 法律 □ 5. 文學

□ 6. 休閒旅遊 □ 7. 小說 □ 8. 人物傳記 □ 9. 生活、勵志 □ 10. 其他

對我們的建議：________________________________

____

____

為提供訂購、行銷、客戶管理或其他合於營業登記項目或章程所定業務需要之目的，家庭傳媒集團（即英屬蓋曼群島商家庭傳媒股份有限公司城邦分公司、城邦文化事業股份有限公司、書虫股份有限公司、墨刻出版股份有限公司、城邦原創股份有限公司），於本集團之營運期間及地區內，將以 mail、傳真、電話、簡訊、郵寄或其他公告方式利用您提供之資料（資料類別：C001、C002、C003、C011 等）。利用對象除本集團外，亦可能包括相關服務的協力機構。如您有依個資法第三條或其他需服務之處，得洽詢本公司服務信箱 cite_apexpress@cite.com.tw 請求協助。相關資料不提供亦不影響您的權益。

□我已詳讀權利義務之相關條款，並同意遵守。

請於此處用膠水黏貼